Collection Acadie Tropicale
Dirigée par Georgette LeBlanc

Bayou des Acadiens
Blind River

Tous droits réservés pour tout pays. © 2015, Les Éditions Perce-Neige.
Dépôt légal / Troisième trimestre 2015, BNQ et BNC.

Conception et photographie de la couverture : Todd Poirier.
Conception graphique : Jovette Cyr.

CATALOGAGE AVANT PUBLICATION DE BIBLIOTHÈQUE ET ARCHIVES CANADA

Matherne, Beverly, auteur
    Bayou des Acadiens = Blind River / Beverly Matherne.

Nouvelles et poèmes en prose.
Publié en formats imprimé(s) et électronique(s).
Texte en français et en anglais.
ISBN 978-2-89691-146-2 (couverture souple).
--
ISBN 978-2-89691-147-9 (html).
--
ISBN 978-2-89691-148-6 (pdf)

    I. Matherne, Beverly. Bayou des Acadiens. II. Matherne, Beverly. Bayou des Acadiens. Anglais. III. Titre. IV. Titre: Blind River.

PQ3939.M38B49 2015   843'.914   C2015-904262-3F
                                                                                        C2015-904263-1F

DISTRIBUTION EN LIBRAIRIE AU QUÉBEC
Diffusion Prologue
1650, boulevard Lionel-Bertrand
Boisbriand (Qc) J7E 4H4

AILLEURS AU CANADA ET EN EUROPE
Les Éditions Perce-Neige   editionsperceneige.ca
22-140, rue Botsford   perceneige@nb.aibn.com
Moncton (N.-B.)   Tél. : (506) 383-4446
Canada E1C 4X4 (506) 380-0740

La production des Éditions Perce-Neige est rendue possible grâce
à la contribution financière du Conseil des Arts du Canada et
de la Direction du développement des arts du Nouveau-Brunswick.

Ce livre est conforme à la nouvelle orthographe.
www.orthographe-recommandee.info

BEVERLY MATHERNE

Bayou des Acadiens
Blind River

Courtes nouvelles et poèmes en prose
Short Fiction and Prose Poetry

Bayou des Acadiens

For Zach,
So special to meet you at Dufa— I love your voice and your style and both your guitar and banjo, but especially your banjo!

Sincerely,
Beverly
04-23-23

Pour mes sœurs et mes frères :
Emily Matherne Boudreaux, Dale Matherne,
Curtis Matherne, Jr., Albert Matherne, Dennis Matherne,
Shirley Matherne Poché, Johnny Matherne,
Patrick Matherne, Charmaine Matherne Ordeneaux,
Karen Matherne Tramonte, Ernie Matherne et
Paula Matherne Weber.

Le hangar à tabac

Chez nous, c'était un petit triangle de terre couleur chocolat. Il s'élevait dans la ciprière entre le Mississippi et le golfe du Mexique, juste à l'ouest de La Nouvelle-Orléans.

Notre père cultivait le tabac. Pendant la fabrique, nous suspendions les tiges de tabac dans les hangars pour les faire sécher. On en avait donc plusieurs sur notre propriété. Les hangars me hantent encore aujourd'hui, avec la pluie tambourinant sur leur toit en tôle, et sur le bois de leurs poutres, les nœuds aux bords déchiquetés et usés par le temps. Parce qu'ils étaient obscurs et mystérieux, ma sœur Émilie et moi, nous aimions y jouer. Nous aimions surtout « jouer à la messe » dans le hangar le plus proche de la maison. Dans ce jeu, c'était moi, l'ainée – j'avais douze ans – qui jouait le rôle du prêtre.

En guise d'habits sacerdotaux, je m'habillais d'une vieille chemise mauve pour femme enceinte et une petite calotte pourpre de LSU avec un pompon doré sur le dessus. Quant à Émilie, qui avait dix ans, elle portait une jupe plissée, des talons hauts et un chapeau de paille. Une petite couronne de roses rouges était fixée au ruban en velours noir du chapeau. Il n'était pas difficile de trouver ces déguisements. Nous les gardions dans une armoire du grenier.

Émilie se mettait du rouge à lèvres, je me mettais de la brillantine dans les cheveux, et je me faisais la raie au milieu. Je voulais ressembler à Florestin, le grand-père de mon père, dont je voyais tous les jours la photo en noir et blanc dans un cadre ovale accroché au mur à la tête du lit de nos parents. Sur cette photo, Pépère Flo, c'est ainsi qu'on le surnommait, avait la cinquantaine et portait une chemise amidonnée et un nœud papillon.

On prenait le sentier de la cour de derrière qui bordait la savane où se trouvait le hangar. Sa façade était couverte de vigne vierge constellée de fleurs rouges en forme de trompettes.

À l'intérieur, je me tenais debout à côté de l'image du Sacré Cœur clouée au mur, avec ses mains ensanglantées, son cœur enflé, percé d'épines et suspendu dans une couronne d'or. Le hangar dont les poutres solides disparaissaient dans l'obscurité me dominait de toute sa hauteur comme la nef d'une cathédrale.

Devant moi, Émilie s'agenouillait comme à la messe. Avec un rouleau de Life Savers à la menthe dans la paume de la main, je lui donnais le pain sacré en disant *Corpus Christi*. Elle recevait l'hostie sur la langue puis elle inclinait la tête.

Aussitôt cette cérémonie finie, on éclatait de rire. On riait, on riait, sans pouvoir nous arrêter. C'est ainsi que nous nous moquions du prêtre de notre église, qui s'appelait Pépère Patin.

Pépère Patin, qui venait de France, était tout ridé. On croyait qu'il avait cent ans. Son teint clair et ses yeux bleus le rendaient différent de nous qui avions le teint olivâtre et les yeux bruns. Sur ses tempes, des plaques d'exéma éclataient souvent, y laissant du sang caillé, parfois même des croutes.

— Vous regardez trop de télévision – et pour cela, un jour vous brulerez tous en enfer ! nous disait-il toujours quand il venait chez nous après avoir bu trop de vin.

Ce jour-là dans le hangar, je faisais beaucoup rire Émilie, en imitant sans arrêt Pépère Patin. Je marchais en titubant et en crachant, tout en agitant mon doigt dans sa direction en signe de reproche : Un jour tu bruleras en enfer !

Soudain, Émilie hurla : Un serpent, un serpent ! Le serpent, enroulé sur un tas de cotons de tabac de la dernière fabrique, se trouvait dans un coin du hangar. Lorsqu'il se déroula et ondula, un rayon de lumière provenant du châssis perça l'obscurité du hangar. Sur son dos on pouvait voir des diamants cerclés de jaune sur un fond couleur de rouille.

— Il me regarde drète dans les yeux, dis-je.

Je restai immobile un moment. Mais lorsque le serpent se mit à onduler tout près de nous, nous nous enfuîmes pour nous réfugier dans la maison auprès de maman.

Cette nuit-là, à la fin du souper, Émilie et moi, on s'assit par terre dans le salon pour jouer aux cartes. Par le châssis, on entendait les ouaouarons et les criquets. Entre les parties de bourrée, on discuta du serpent.

— Tu crois que c'était un serpent ordinaire ? demandai-je.

— Quoi-ce ti veux dire ?

— Ben, la façon qu'il me regardait, tu sais, comme s'il était différent. Je sais pas, plus qu'un serpent.

— C'est peut-être un signe, dit Émilie. Un avertissement, tu sais, qu'il faut pas se moquer de l'Église et du Pépère Patin et tout ça.

Quand je me réveillai le lendemain, je me mis à penser au serpent. Bien que je le voulais, je n'osais pas dire à maman ou à papa ce que nous avions fait dans le hangar avant son arrivée. Est-ce que le serpent était une apparition envoyée par Dieu pour nous remettre sur le bon chemin ?

Mon cœur me disait qu'Émilie avait raison. On avait péché, on le savait et on ferait pénitence. À partir de ce moment-là, on prendrait au sérieux les histoires que Pépère prêchait le dimanche : Adam et Ève dans le Jardin, le Diable tentant le Christ dans le désert...

Pour expier notre faute, on fit les préparatifs pour jouer une pièce basée sur une histoire qu'on avait entendue le dimanche je ne sais combien de fois. Parce qu'on avait besoin de lui pour la pièce, on emmena avec nous dans le hangar à tabac notre petit frère Jean.

— Tu seras le personnage le plus important de la pièce, lui dis-je. Jean sourit, ses yeux noirs illuminaient son visage basané.

Les préparatifs pour la pièce commencèrent avec la cueillette de piquant-mourettes. L'arbre de piquant-mourettes se trouvait à l'entrée du hangar. Sous la chaleur estivale, pendant la fabrique, nous plantions des clous à la base des tiges de tabac à l'ombre de cet arbre. Les clous servaient de crochets desquels on suspendait les tiges qu'on mettait à sécher. Quelquefois, l'un d'entre nous se piquait le pied sur un piquant-mourette. Pour soulager notre douleur, papa nous emmenait alors tout de suite chez le docteur qui nous faisait une piqure contre le tétanos.

Nous trouvâmes sans peine plus de piquants que nécessaire. Avec eux, et de la paillasse qu'on employait pour ficeler les paquets de tabac pendant la fabrique, je préparais quelque chose pour la pièce.

— Quoi ti fais ? questionna Jean.

— Ti vas 'oir.

Je pris un vieux sac à patates. Je le coupai au niveau de la couture avec un canif.

— Mais, quoi on va faire avec ça ? demanda Émilie.

— Ti vas 'oir, chère. Apporte-moi la corde et le marteau, là-bas, sur le baril.

Dans le hangar on avait trouvé les restes d'un vieux poteau téléphonique à côté d'une vieille charrue. Je clouai une planche à l'horizontale à environ un pied du haut du poteau, et à un pied du sol, et j'installai une plateforme comme celle où reposent les pieds du Christ sur la croix. Puis Émilie et moi, on mit la croix contre le grand madrier transversal à l'entrée du hangar.

J'enroulai un morceau du sac autour du short de Jean, en l'attachant autour de sa taille avec une corde. Puis je soulevai mon petit frère doucement pour mettre ses pieds sur la petite plateforme en bas du poteau. Je l'attachai au poteau avec la corde, en la faisant passer autour de sa taille, sans trop la serrer.

Puis je grimpai sur un baril de chêne qu'on remplissait de tabac pendant la fabrique pour en presser les feuilles. J'enroulai la corde autour de la poitrine de Jean, et j'étendis ses bras à l'horizontale jusqu'à ce que le dos de ses mains touche la grande planche derrière lui. Enfin, je fixai ses mains à la planche en les protégeant avec des lambeaux du sac à patates que je passai entre sa peau et la corde.

— Ça va, cher ? Ça te fait pas mal, hein ? demandai-je à Jean.

— Non, pas du tout, répondit-il.

Puis je mis la calotte de LSU, tournée à l'envers, sur la tête de Jean pour le protéger des épines de la couronne que je plaçai sur son front.

— C'est un jeu, lui dis-je. Mais on doit faire très attention, hein ? On veut pas être aussi cruel que le monde dans la vraie histoire de Jésus, n'est-ce pas ?

Jean esquissa un sourire timide. Puis il essaya de paraître aussi sérieux qu'un vrai acteur.

Émilie et moi, nous dansions main dans la main tout en rond autour de la croix. Alors que notre ronde s'accélérait, je me mis à penser à Madame

Grands-Doigts, dont mémère nous racontait les histoires. Plus qu'un personnage de conte, Madame Grands-Doigts semblait réelle, toujours présente, prête à nous arracher les yeux avec ses ongles pointus quand nous étions méchants. Tout en pensant à elle, en prenant notre élan qui nous transportait hors du monde, nous chantions :

Madame Grands-Doigts va t'attraper.
Madame Grands-Doigts va t'attraper.
Avec ses ongles bien acérés,
Madame Grands-Doigts va t'attraper.

Jean commença à avoir peur. Il paniqua et lutta contre les cordes en donnant des coups de pied contre le poteau. Il se mit à brailler.
— Laissez-moi partir ! Ça fait mal. J'ai peur de Madame Grands-Doigts ! Mais nous n'y prêtions aucune attention. Nous continuions à danser, à rire et à chanter :

Madame Grands-Doigts va t'attraper.
Madame Grands-Doigts va t'attraper.
T'es fort en peine d'y échapper,
Madame Grands-Doigts va t'attraper.

Jean poussait des cris désespérés. Il martelait le poteau avec ses pieds. Je dis à Émilie d'arrêter la danse, tout en grimpant sur le baril pour le détacher, mais ce fut en vain. Les nœuds s'étaient resserrés. On alla en courant à la maison pour demander de l'aide à maman, mais nous avions peur d'aller dans la cuisine pour lui dire ce que nous avions fait.

—Toi, Émilie, tu lui dis, criai-je.

Émilie s'enfuit en courant dans sa chambre à coucher en me jetant un regard accusateur. Je tambourinai à la porte :

—Sors de là, sors de là ! On doit le dire à maman. On peut pas laisser Jean tout seul.

Émilie sortit de la chambre. On se précipita sur maman qu'on faillit renverser.

Quand finalement on retrouva Jean, il était accroché au poteau. Sa tête était tombée sur sa poitrine, de l'écume lui sortait de la bouche. On aurait dit qu'un pivert lui avait piqué la tête. Vingt minutes plus tard, l'ambulance traversait la savane.

Cette nuit-là, après avoir laissé Jean à l'hôpital, maman pleura.

—Vous êtes plus mes enfants, nous dit-elle.

Papa, aussi choqué qu'elle, nous fit tout un sermon :

—Et toi, parce que t'es plus âgée, t'es plus responsable, dit-il, me montrant du doigt.

Malgré mes efforts pour prendre Pépère Patin au sérieux, j'avais commis un péché mortel de la pire espèce, peut-être même un meurtre.

Soudain l'image des bouteilles à lait dans mon petit Catéchisme me vint à l'esprit : la première bouteille, la bouteille blanche, c'était l'âme sans péché ; la deuxième, avec ses quelques taches, représentait le péché véniel ; et la troisième, toute noire, se voulait l'âme perdue en état de péché mortel. J'avais l'impression que tout d'un coup ces bouteilles, mesures du Bien et du Mal, me jugeaient. Et maintenant, cette bouteille toute noire m'enverrait directement en enfer.

Le samedi, Émilie et moi, nous confessâmes nos péchés à Pépère Patin.

— Bénissez-moi, mon père, parce que j'ai péché. Ça fait une semaine que je m'ai pas confessée.

— Et qu'est-ce que t'as fait, ma petite ?

— Je m'ai moqué de l'Église et...

— Quoi ? Plus fort, je t'entends pas.

— Père, je m'ai moquée de vous, j'ai murmuré.

Après avoir fini de raconter ce qui avait eu lieu dans le hangar – la fausse communion avant l'arrivée du serpent, l'épisode avec Jean – je remarquai que Pépère Patin ronflait. Un relent de vin avait envahi le confessionnal. Dès que je me fus arrêtée de parler, il se réveilla, en se cognant le genou sur le panneau . Il émit un grognement :

— Récite dix Notre Père et dix Je vous salue Marie.

— Qu'est-ce qu'il t'a donné comme pénitence ? demandai-je à Émilie après la confesse.

— Dix Notre Père et dix Je vous salue Marie, dit-elle.

On se regarda. Nous comparions toujours nos pénitences. On savait bien que si Pépère Patin nous avait vraiment entendues, il m'aurait donné dix rosaires juste à moi.

Le lendemain, au petit déjeuner, je ne pouvais pas avaler mes grandes-pattes et mon café au lait.

Ce n'était pas seulement la chaleur d'aout qui m'ôtait l'appétit, mais aussi un cauchemar que j'avais fait durant la nuit.

Puis, Émilie et moi, on sortit par la porte de la cuisine, et on s'assit sur les marches de derrière. Il commençait à bruiner. La brise diffusait l'arôme du tabac qui fermentait dans le hangar. Alors, je racontai mon rêve à Émilie:

La nuit était sombre. Le serpent à sonnettes me chassait de mon lit, puis me poursuivait à travers la savane, jusqu'à l'entrée du hangar. Quand j'y suis arrivée, la croix où j'avais attaché Jean était en feu. Le serpent, qui s'était enroulé autour de la croix, m'a fait une grimace, dévoilant ses crocs pointus. Sa langue fourchue sortait de sa gorge. Il sifflait, et plus il sifflait plus le feu brulait.

Alors, il a frappé ma tête avec sa sonnette. Et c'est moi qui suis devenue le serpent. Mes écales luisaient dans la lumière du feu, mes anneaux grandissaient, et des crochets pointus me sortaient de la bouche.

Alors Madame Grand-Doigts est arrivée. Elle s'est avancée vers moi avec ses doigts crochus et ses longues griffes. J'ai cru qu'elle allait m'écorcher vive.

Mais, bien vite, tout a changé. Jean était à nouveau pendu à la croix. Madame Grands-Doigts rugissait: Ra! Puis elle s'est ruée sur lui et avec ses griffes elle lui a fait une grande entaille dans le côté. Le sang s'est mis à jaillir!

— J'ai pendu mon tit frère. Il va mourir. Il va mourir, je sais qu'il va mourir ! braillai-je.

— T'avais pas l'intention de faire què'que chose de méchant, dit Émilie.

On pensa raconter le rêve à maman, mais nous étions sures qu'elle ne voulait plus nous entendre. Nous ne voulions pas empirer les choses, alors nous nous tenions à l'écart.

Trois jours plus tard, Jean revint chez nous. Il était pâle et faible, mais tout le monde disait qu'il survivrait. Les voisins remplissaient le salon. Maman servit un gâteau fait avec une noix de coco qu'elle avait fendue elle-même. Et on but du café acheté au Marché français de la Nouvelle-Orléans, fort et très noir pour ceux qui l'aimaient comme ça, ou avec du sucre et de la crème pour les autres. Quand les voisins furent partis, je me tournai vers maman.

— Maman, je peux parler à Jean toute seule ? Je dois y dire què'que chose.

— Je sais, chère. Lui aussi il veut te parler.

J'ouvris la porte de la chambre de Jean. Je fus à son chevet et je me mis à genoux. Jean somnolait. Je pouvais voir les brulures de la corde sur ses poignets. J'étendis la main vers lui et je touchai doucement sa peau écorchée. Puis, Jean ouvrit les yeux :

— Comment ti vas ?
— J'sus un peu largué.
— Ils étaient vaillants à l'hôpital ?

— Ouais.

— T'es content d'être de retour chez nous ?

— Ouais.

J'ouvris la bouche pour dire ce que je voulais dire, mais les mots restèrent coincés dans ma gorge. Le ventilateur ronronnait sur la table de nuit. J'entendis les bottes lourdes de papa qui passait devant la porte.

Finalement, c'est Jean qui parla.

— Mes pieds ont glissé de la plateforme, dit-il. C'est pas de ta faute.

Lorsque je me mis à pleurer, Jean me prit dans les bras, en me serrant fort contre sa poitrine...

Quand je sortis de sa chambre, je mis mon bras autour de la taille de maman, en la serrant bien fort, et maman me serra contre elle aussi. Papa me caressa les cheveux et m'embrassa sur la tête.

Émilie et moi, on se dirigea vers notre cabane. On alla au grand cipre qui poussait à côté du hangar, tout en évitant les boscoyos qui sortaient de la terre. Puis on grimpa sur l'échelle clouée à l'arbre, le soleil filtrant à travers la mousse espagnole du cipre. Finalement, on s'assit sur le plancher de la cabane.

— Grâce à Dieu Jean est vivant ! criai-je, d'une voix entrecoupée de sanglots. Je regardai Émilie.

— Je vas m'occuper de Jean le reste de ma vie.

Les lèvres d'Émilie se mirent à trembler.

Je me tus. J'avais le regard fixe, comme si j'étais en transe. J'aurais voulu ouvrir la veste du pyjama de Jean pour voir le trou que Madame Grands-

Doigts lui avait fait dans le côté, mais j'y renonçai. Je frottai le plancher de la cabane avec mes doigts. Mon pouce buta sur un clou qui sortait du plancher. Alors j'appuyai sur la tête du clou avec un mouvement circulaire, en murmurant :

— Il va guérir, il va guérir, je sais qu'il va guérir.

Je jetai un regard sur le toit du hangar. Le tracteur de papa bourdonnait au loin.

Elphia et le serpent à sonnettes

Pour Guy Drouin

Une fois, bonne fois, une petite Cadienne habitait au bord du bayou des Acadiens dans le sud de la Louisiane. Encore jeune fille, mais ayant pas eu ses fleurs, ses beaux yeux marron brillaient et ses cheveux châtains tombaient jusqu'à sa taille. Tous les samedis matins, Elphia allait chez sa grand-mère Ta-Ta. Sa grand-mère et elle prenaient ensemble un bon café au lait et des croquecignoles. Par-dessus tout, Elphia aimait les contes de princesses et de princes que lui contait grand-mère Ta-Ta.

Chaque fois qu'Elphia quittait la maison pour aller chez sa grand-mère, ses parents lui disaient : Reste sur le sentier, et parle pas aux étrangers. Un jour au mois de février, Elphia s'en alla chez sa grand-mère. Il faisait froid et des nuages de brumasse flottaient immobiles sous de vieux cipres.

Lorsqu'elle était presque arrivée, Elphia entendit un petit train dans la brousse. Elle s'arrêta. Devant elle, un serpent à sonnettes apparut, grouillant sur le chemin. Mais, chose étrange, Elphia ne partit pas en courant. Le serpent la regarda droit dans les yeux, tout en dansant et sonnant de ses sonnettes avec un tel charme qu'elle en fut hypnotisée.

— Bonjour, jolie bassette, disait-il. Que tes lèvres sont rouges et belles. Que tes petits seins sont comme des boutons de rose. Que t'as le teint clair, la peau veloutée. Tu dois être une princesse. Il te sera donc facile de m'aider, hein chère ? Car moi, je suis juste un pauvre serpent.

— Je le regrette, Monsieur, mais je peux pas vous aider. Mes parents me disent tout le temps de rester sur le sentier et de pas parler aux étrangers.

— Je t'en prie, chère, sois mon amie. Il faisait soleil hier. Le dégel m'a réveillé trop tôt. Y a rien à manger au bord du bayou et j'ai entendu dire que ça va geler ce soir. Mets-moi donc dans ton capot et emmène-moi avec toi, je t'en supplie.

Alors, Elphia s'assit pour y penser et pour se reposer un peu, tout en regardant le serpent.

— Qu'il est beau, avec ses losanges noirs sur son échine couleur rouille, dit-elle. Et pis, il a faim.

Finalement, elle tendit ses bras vers le serpent, elle le souleva et le mit dans son manteau, contre ses seins chauds.

— Pauvre petit loulou. Je vas pas te laisser mourir. On va aller chez ma grand-mère pour boire du bon café au lait et manger des croquecignoles.

Les deux amis continuèrent vers la maison de Mémère Ta-Ta. Trois cardinaux rouges étaient posés sur les branches nues des chênes au bord du chemin. Subitement, le serpent se déroula et piqua Elphia sur la fesse. La fillette se mit à pleurer, en hurlant : Comment tu peux me faire du mal comme ça? Je croyais que t'étais mon meilleur ami !

Le serpent lui répondit, T'as entendu mes sonnettes quand tu m'as pris dans les bras.

Pis il quitta Elphia et se dirigea vers La Nouvelle-Orléans.

Notre Dame des Douleurs

Je vous salue, Marie, pleine de grâce. Le Seigneur est avec vous. Vous êtes bénie entre toutes les femmes...

prient-ils. Ils sont au moins cinquante à prier ensemble, soir après soir, depuis que Ghislaine a perdu connaissance.

Elle s'était affaiblie dans le jardin. À la brunante, elle ne pouvait plus bouger. Son mari Jean appela une ambulance et ses beaux-parents.

— C'est la méningite, annonça le docteur. Elle peut plus respirer toute seule et ses reins ne marchent plus. Écoute, on veut pas te donner de faux espoirs. Son cerveau... est peut-être affecté... par le manque d'oxygène.

Les nouvelles de la condition de Ghislaine passèrent de bouche à oreille des deux bords du Mississippi. La famille et les amis remplirent la chambre d'attente de l'hôpital...

La mère de Ghislaine plaça la Sainte Vierge sur une petite table au centre de la chambre, la couronnant de petites roses créoles. Puis elle alluma deux cierges, elle les mit de chaque côté de la statue et elle fit signe au père de Ghislaine d'éteindre la lumière. Les flammes à l'intérieur des verres bleus brillaient comme la lumière à travers un vitrail. Tout le monde était rassemblé autour de la Vierge :

et Jésus, le fruit de vos entrailles, est béni. Sainte Marie, Mère de Dieu, priez pour nous, pauvres pécheurs...

murmurent-ils, inclinant la tête, leurs genoux engourdis sur le linoléum dur.
— Docteur, quand je peux la 'oir ? demanda Jean.
— Asteur, mais... a va pas te...
— Je comprends, dit Jean.
— T'as pour te laver les mains et t'ôter les souliers, dit le docteur. Tchiens, tchiens des pantoufles en papier et une robe.

Jean entra dans la chambre de sa femme. Le sang montait en fleurs sous la peau de la malade et ne pouvait plus circuler. Des ampoules apparaissaient entre ses doigts. Jean ne pouvait pas comprendre pourquoi les infirmiers ne les avaient pas empêchées d'apparaitre. Et même si l'hôpital était propre, les draps propres, le plancher propre, Jean pouvait sentir quelque chose comme le début d'un rhume dans ses narines. Il sentait qu'il s'affaiblissait et ses genoux ne le soutenaient plus. Il s'agrippa à la chaise au chevet de Ghislaine. Il pouvait entendre l'oxygène circuler dans le tuyau du ventilateur, le rythme du rein artificiel, comme les vagues d'une rivière.

Il se souvenait du jour de la chasse au canard français qu'il avait faite avec son père à la Pointe de Canne quand il avait douze ans. Comment il avait tiré sur son premier canard et pataugé dans l'eau dans ses caoutchoucs pour le ramener. Il l'avait juste touché à l'aile, mais Jean avait deviné par son corps déformé que le canard était débattu, qu'il s'était caché dans les roseaux, et qu'il s'était noyé.

Tout en tenant le canard mort dans la main, Jean lui avait caressé les plumes, lisses et froides, comme de la glaise. Depuis ce jour-là, il n'avait jamais plus touché son fusil.

Jean sortit de la chambre de Ghislaine. Il ne pouvait pas s'arrêter de penser au canard... On a essayé de la détacher du rein artificiel, dit le docteur, mais y avait des complications. On a fait une trachéotomie... mais sa circulation n'est pas améliorée... On a dû couper quatre doigts de sa main droite... Ce document nous donne la permission d'amputer ses deux jambes aux genoux. On voudrait que tu... signes ici.

La mère de Ghislaine s'écroula dans les bras de son mari, tout en braillant sans cesse.

Comme dans un éclair, Jean vit la Pietà à Notre-Dame des Douleurs : le sang coulant du front de Jésus, les trous de ses mains, l'entaille dans son côté. Le visage accablé de douleur de la Sainte-Mère. Il pensait aux fouets tranchant la chair de Jésus, le poids de la croix. Jean recula, en chancelant. Il s'assit et il ferma les yeux.

Le canard tournoyait contre ses paupières, les ailes déployées, une croix virevoltant contre le ciel bleu. Jean ouvrit les yeux. Il regarda le docteur. La plume était froide et lourde dans sa main...

...maintenant et à l'heure de notre mort.
                    Ainsi soit-il.

À la pêche aux écrevisses

Quand j'arrive au bord de laciprière, well, il y a beaucoup à faire. Premièrement, je mets mes bottes-pantalons. Si je fais pas ça, les sangsues me sucent éyoù je connais pas. Pis, je frotte ma figure et mon cou avec *Off* et je mets ma chemise à manches longues. Comme ça, les maringouins me piquent pas trop.

Je patauge à travers de l'eau jusqu'à mes pièges aux écrevisses. Toute la puanteur de l'appât de poule est gone et mes pièges sont remplis. Je les vide, en mettant les écrevisses dans des sacs à patates. Je les entasse dans le plateau de mon *'tit truck* Ford et je les hale au Marché français à La Nouvelle-Orléans.

Même si je vends la plupart des écrevisses au marché, j'apporte un sac chez nous, pour Mame, Nénaine et Tante Élise. Ça les échaude et met de côté un tas pour faire un plat spécial.

Dans une grosse chaudière noire dans la cour de derrière, ça fait bouillir la balance, avec plein de Zatarain et de la sauce Tabasco. Ça les laisse refroidir et on en prend pour souper avec du pain dur.

Après souper, Mame, Nénaine et Tante Élise épluchent le tas mis de côté. Ça met des queues dans un bol, les « têtes vides » dans un autre bol et les pinces dans encore un autre.

Mame passe la moitié des queues dans le moulin à viande. À ajoute des épices, du persil et des 'chalotes. Pis a bourre les « têtes » avec ça. Avec tout ça – les queues, les « têtes bourrées » et les pinces –, elle fait une bonne bisque d'écrevisses.

Pendant que la bisque bouillit doucement, on boit quelques gobelets de merise. On se détend un peu et on attend la farce préférée de Mame :

Une écrevisse dans un plat de bisque est comme un vieux-t-homme : Toute sa queue est dans sa tête !

Au-delà des mathématiques

Une vieille Peugeot entra dans l'allée en pétaradant. Le klaxon sonna une fois. Pierre, qui prenait son petit déjeuner, laissa tomber sa fourchette, glissa de sa chaise et jeta son sac à dos sur son épaule. Il se lança dans les bras de son père.

— Prends bien soin de maman, chuchota-t-il d'un air inquiet, et il regarda sa mère allongée sur le grand lit d'hôpital qu'on avait installé dans la salle de séjour. Ben pouvait voir sur le visage de son fils un masque de douleur. Pierre se précipita hors de la maison.

Ben tira les rideaux de dentelle qui, sous la brise de la baie de San Francisco, se gonflaient puis s'aplatissaient, et de la fenêtre, il observa l'auto qui s'engageait dans la rue Norvell. Il sentit le parfum des citronniers en fleurs et l'odeur de la poussière.

L'humidité dans l'air était en train de changer. Il sentait que la température baissait. Le vent se leva et fouetta l'abricotier. Les pétales tombaient horizontalement comme la neige des blizzards tels que Ben les avait connus dans la Haute Péninsule du Michigan, où il avait vécu enfant pendant un certain temps.

Soudain, il revit devant lui Koski, son grand-père paternel, quand ils travaillaient ensemble en hiver dans le bucher, le son du bois pétillant dans le réchaud tandis qu'ils faisaient des équerres en pin et en érable et qu'ils enlevaient les échardes de leurs mains rugueuses. La grêle martelait les vitres. Ben ferma les fenêtres.

Il se tenait debout à côté du lit qu'Alta Bates, l'établissement de soins palliatifs, avait livré deux semaines plus tôt. Ce lit exerçait la plus grande fascination sur Pierre.

« Redresse-moi », lui disait sa mère, et Pierre appuyait sur les boutons, jusqu'à ce qu'elle soit confortablement installée. Il passait les commandes à son père et il se glissait sous le lit pour voir comment fonctionnait le mécanisme.

Ben se pencha sur Marie pour arranger son oreiller.

— Je peux te faire un œuf ? lui demanda-t-il.

Marie ne répondit pas. Ben se sentit stupide d'avoir posé cette question, mais il ne pouvait pas toujours bien discerner si elle était consciente ou non.

Deux jours plus tôt, Marie s'était réveillée en plein milieu de la nuit, parfaitement lucide.

— Tu es là, Ben ? avait-elle demandé d'une petite voix aigüe et sèche.

— Je suis là, avait répondu Ben.

— Je ne veux pas mourir, avait-elle balbutié.

— Moi non plus je ne veux pas que tu meures, mais... je ne crois pas que... dit Ben en lui caressant la tempe du revers de la main. Je ne crois pas que...

— Ça va, avait-elle murmuré et elle s'était rendormie.

Marie était dans son lit, allongée sur le côté, une couverture lilas jusqu'à la taille, perdue dans les manches et le haut trop grand de sa chemise de nuit en flanelle blanche. Ses doigts privés de force, aux os saillants sous la peau, reposaient dans la paume de Ben, rose, large, et maladroite. Celui-ci – 1,95 m, ancien joueur de hockey à l'Université du Michigan, pas une once de graisse sur sa puissante carrure – ne se considérait pas gauche d'habitude, mais le cancer de Marie et ses souffrances épouvantables lui donnaient une certaine humilité et lui faisaient prendre conscience de ses propres faiblesses.

Ben plaça une seringue remplie de morphine sur les lèvres de Marie, doutant de sa capacité à administrer la drogue en question et aussi de l'efficacité de cette dernière. Bien que navigateur habile sur les eaux de la baie de San Francisco, il se souvenait du jour où, alors qu'il apprenait à faire de la voile et qu'il lui semblait avancer, il fut emporté par le courant, et il dut jeter l'ancre pour éviter de reculer. Ces dernières semaines il avait vogué sur des eaux qui lui étaient inconnues et, poussé par le vent et les vagues, il se retrouvait sur un rivage qu'il aurait préféré ne jamais atteindre.

******

Ben attendait Helen, l'infirmière envoyée par Alta Bates dont il appréciait l'aide, surtout pour le bain qu'elle donnait à Marie tous les matins, tâche qu'il préférait ne pas assumer lui-même. Marie avait la colonne vertébrale rongée par le cancer, et Ben avait peur qu'elle ne se brise dans ses mains. Il pensait au papier de riz si délicat, aux boites que son fils faisait à l'école, pliées selon l'art traditionnel que les Japonais appellent *origami*, et comment, en refermant les doigts ou en laissant tomber un livre sur eux, on pouvait détruire ces objets fragiles.

C'était la mi-mai. L'année scolaire venait de se terminer à l'Université de Californie à Berkeley, où Ben avait finalement obtenu sa titularisation de professeur de mathématiques. Il venait de publier un livre sur la topologie, une étude de la continuité et de la forme en mathématiques. Nullement pressé de se lancer dans de nouveaux projets, malgré lui, Ben pensa que la maladie de Marie tombait à pic.

******

La pluie murmurait jusque dans la maison. Ben s'était endormi dans la chaise qu'on avait placée au chevet de Marie. Il rêvait de la ferme de Nyberg, son grand-père maternel au Kansas, de la colline abrupte et verte derrière la maison, des lys jaunes en forme de trompette et, dans le pré, des vaches dont les pis gonflés invitaient les veaux affamés. Il se revoyait en train de pêcher des poissons-chats au bord de la coulée dont les eaux coulaient devant la maison. Sous les pommiers, une récolte de pastèques toutes rondes et mures, remplies de graines et de chair rose. Il revoyait les champs de maïs, les épis et leur enveloppe retroussée, soie blanche aveuglante dans la lumière éclatante de l'après-midi. Il revoyait Pierre quand il était bébé et qu'il était tombé du quai de la Marina de Berkeley. Sa tête blonde plongea vers les profondeurs de l'eau et Ben observait son fils qui coulait à un endroit où la lumière du soleil ne perçait pas... Il se réveilla.

******

Un tremblement de terre secoua la porcelaine de Marie dans le vaisselier. C'était la faille de San Andreas qui déplaçait ses plaques. Le tremblement s'arrêta et Ben regarda Marie. Elle respirait lentement. Tout en lui lissant les cheveux maintenant clairsemés, il n'arrivait pas à savoir si elle était consciente ou non de sa présence.

Ben ouvrit le *San Francisco Chronicle*. La maire de la ville, Diane Feinstein, dominait la une. Le téléphone sonna. C'était Helen.

—Ça va ? lui demanda Ben.

—Je suis désolée, mais je vais être en retard. Il y a eu un accident sur le *Nimitz* et ça circule au ralenti jusqu'à la sortie du *Bay Bridge*.

—Ne vous en faites pas, lui dit Ben. Elle dort en ce moment. On se parlera quand vous arriverez.

Ben tourna les pages du *Chronicle*. Aucun des gros titres n'attirait son attention. Il plia le journal, alignant le coin des pages. Marie se mit à gémir, murmurant quelque chose au sujet de Pierre. Elle avait du mal à former ses mots. Ben ne comprenait pas. Marie se replongea dans son sommeil.

******

Ben se souvenait du jour où il avait rencontré Marie dix ans plus tôt sur le campus de Berkeley. Elle était assise sur un banc devant *Sproul Hall*, où elle sirotait un smoothie d'ananas à petites gorgées, son chandail bordeaux moulait la rondeur de ses seins. Ben pensa à sa poitrine maintenant plate, enfantine et vulnérable, à la manière dont, lorsqu'elle la lui avait montrée, il avait embrassé l'emplacement des seins disparus.

— Ça ne vous dérange pas si je m'assieds là une minute ? lui avait-il demandé.

— Non, pas du tout, avait-elle lui répondu en lui faisant un peu de place.

— Je dois distribuer des exempliers dans ma classe de mathématiques ce matin, mais je crois que je les ai laissés dans ma voiture, avait-il dit en regardant ses yeux verts et son teint olivâtre, se reprenant et rougissant un peu.

Il avait fouillé dans sa serviette parmi ses dossiers, ses cheveux blonds lui tombaient dans les yeux. Les rejetant sur le côté, il avait regardé Marie et lui avait souri.

— Veuillez m'excuser, avait-il dit, et il était retourné au stationnement en courant. Le professeur typique : distrait, pas très en phase avec la réalité quotidienne.

Quelques mois plus tard, respirant la santé, en

pleine forme, les cheveux noirs de jais parfumés à la noix de coco lui tombant sur les épaules, Marie franchissait *Sather Gate* et se retrouvait dans les bras de Ben. Il venait de lui téléphoner pour lui demander de l'épouser, bien qu'il ait eu l'intention de le faire au Sheraton Palace de San Francisco, lors d'un souper de saumon grillé.

— Pourquoi est-ce que je devrais me marier ? lui répétait-elle durant les mois où lui avait fait la cour. Je ne souhaite pas avoir d'enfants. Je veux finir mon doctorat et faire une longue carrière, sans me compliquer l'existence avec un mari et une famille. Mais Marie tomba amoureuse et ça changea tout. Ils se marièrent dans une salle de réception du campus à la fin du trimestre.

Quand Ben l'avait rencontrée, Marie étudiait la littérature au Département de français. Elle était revenue après deux ans de Sorbonne, sans aucun intérêt pour la recherche, mais prête à lire jusqu'à l'épuisement livre après livre de théorie littéraire, afin de perfectionner son français pour pouvoir écrire des poèmes dans cette langue. Le rythme des poèmes de Marie, le plaisir intense qu'il ressentait en les lisant, c'était quelque chose que Ben n'avait jamais connu auparavant. Pour la première fois de sa vie, il comprenait le passage du philosophe irlandais, sur la pomme, pourquoi sa saveur ne vient pas du fruit seul, mais aussi du plaisir du contact avec le palais.

******

Ben alla à la cuisine pour se faire un café. Quand il revint, Marie respirait avec difficulté et son souffle faiblissait. Le moment qu'il craignait depuis plus d'un an était finalement arrivé. Maintes et maintes fois il avait passé en revue les derniers instants qu'ils vivraient ensemble. Il imaginait les mots d'adieu, et lui hoquetant et terrifié.

Marie rendit enfin son dernier soupir. Les rides de son visage s'effacèrent, les mois de souffrance disparurent comme les lignes d'un graphique sur un écran d'ordinateur. Ben ferma les yeux de Marie, avec un calme qui l'étonna. Du bout des doigts, il effleura sa joue, déjà glacée.

— Merci, mon Dieu, de l'avoir prise, dit-il.

Ben savait exactement ce qu'il devait faire. Marie avait tout noté : le numéro de téléphone de sa famille en Louisiane, celui de l'avocat qui avait rédigé son testament, la dotation à l'Université de la Louisiane d'une bourse universitaire portant son nom au bénéfice des étudiants de français à l'avenir prometteur ayant besoin d'aide financière, mais cela attendrait.

Il voulait juste s'assoir à côté de Marie pendant un moment, avant qu'Helen n'arrive, avant les premiers coups de téléphone, avant qu'on ne l'emporte. Il s'assit et regarda Marie, si petite et pâle sous les couvertures.

En pensée, Ben revoyait Pierre à l'âge de cinq semaines, un cocon minuscule dans le grand lit du Children's Hospital à Oakland, juste après son opération chirurgicale. Les sutures de son crâne et sa fontanelle s'étaient refermées prématurément.

— Sans opération, avait expliqué le pédiatre, sa tête pousserait en forme d'œuf. Il serait la risée de tous dans la cour de récréation, et pire encore, son cerveau risquerait de ne pas se développer normalement.

Ben se rappelait quand Marie avait enlevé le pansement de sa toute petite tête : l'ouverture en forme de la lettre S que le chirurgien avait faite, puis refermée par des points de suture semblables aux dents d'une fermeture éclair. Il revoyait les infirmières repoussant la peau tandis que le chirurgien effectuait deux rainures de cinq centimètres sur toute l'étendue du crâne. Il se souvenait de la transfusion de sang, de la peur que Marie avait eue à la pensée que leur enfant pourrait mourir.

La dilatation du col de l'utérus n'étant pas suffisante pour permettre le passage de la tête de Pierre, sa naissance avait été difficile. Ben se revoyait accroupi, tête baissée pour ne pas s'évanouir, à l'instant où Pierre était enfin sorti du ventre de sa mère. Marie avait opté pour l'accouchement Lamaze tout comme elle avait insisté pour mourir chez eux. Ben n'avait jamais été témoin d'une si grande douleur physique, il n'avait jamais vu une telle quantité de sang et, en même temps, il n'avait jamais éprouvé une telle joie. Soudain, il se sentit libéré. C'était fini. Il avait tenu bon.

Désormais, Ben serait seul pour élever leur fils. Il pensa à la simple couche de peau qui recouvrait son cerveau. Il voulait le protéger des accidents et des objets pointus. Il se souvenait de Marie allaitant Pierre ce matin-là à l'hôpital et il se rappela la façon dont le bébé regardait sa mère droit dans les yeux.

Ben ne savait pas comment il allait pouvoir vivre sans la tendresse de Marie et il eut envie, d'un geste rassurant, de presser leur fils contre sa poitrine.

Les glissades

Dans le vieux temps dans une paroisse au bord du Mississippi en Louisiane vivait un vieux prêtre de France, très gentil et aimé de tous les paroissiens.

Pendant ses années dans la paroisse, il organisait les confessions le samedi après-midi. Au début, plusieurs femmes avouèrent au confessionnal l'avoir trompé leur mari. Le prêtre leur dit :

— Surtout, mes dames, ne me redites jamais une chose pareille que je ne peux supporter. Trouvez autre chose. Dites-moi plutôt : *J'ai glissé*. Je comprendrai et je vous donnerai l'absolution...

Et les choses se passèrent ainsi. Les glissades furent nombreuses.

Puis un jour, l'âge et la maladie enlevèrent le pauvre homme de ses ouailles. Il fut remplacé par un jeune prêtre cadien qui continua à confesser le samedi après-midi. Il fut surpris par le fait que les dames glissaient si souvent et par le fait qu'elles affirmaient cela pendant la confession.

Après réflexion, il se décida de s'informer auprès des villageois sur la fréquence de ces glissades. Pour cela, il lui fallait savoir où se trouvait le lieu des accidents. Il fit le tour du village et arriva au lavoir.

L'entrée était en pente. Alors, il pensa qu'avec le linge mouillé et l'eau savonneuse, qui dégoulinait, le lieu était propice à la glissade.

Il alla donc trouver M. le maire auquel il expliqua la cause des nombreuses glissades dont souffraient ses paroissiennes. M. le Maire, qui était au courant de ce qui se passait, lui dit en riant :

— Fais-toi-z'en pas, M. le curé, c'est pas grave.

— Pas grave ? lui répondit le curé. C'est toi qui le dis. Tchiens, la semaine passée ta femme elle-même a glissé trois fois !

C'est alors que M. le maire perdit le sourire.

La vision de Madame Brignac

Mme Brignac mélangeait de la farine dans de l'huile : elle faisait un roux pour son gombo à l'andouille. Elle ne préparait ce plat qu'une fois par mois. La saucisse coutait trop cher pour elle. Elle pensait à son défunt mari Émile en levant les yeux vers le crucifix funéraire accroché au-dessus de la porte. C'est de cette manière que le dimanche, elle avait coutume de préparer le gombo en son honneur.

Le roux était en train de prendre la couleur du chocolat quand Mme Brignac entendit dans l'allée menant à la porte de sa cabane, un craquement de feuilles et de branches. Elle posa sa cuillère dans une soucoupe et fit glisser sa marmite sur le feu arrière du fourneau.

Elle se pencha alors à la fenêtre et aperçut se dirigeant vers elle, une jeune mère tenant son petit garçon par la main. Pieds nus tous les deux, ils portaient des vêtements faits de sacs de farine. Quand ils la virent à sa fenêtre, ils tendirent la main vers elle pour quémander du pain. Mme Brignac tira le verrou de la porte. À ce moment-là, une lumière éblouissante s'engouffra dans l'embrasure et envahit toute la pièce. Les deux mendiants apparurent devant elle. La mère souriait. Son fils avait des trous dans les mains et du sang s'en échappait.

— Qui l'a blessé ? demanda Mme Brignac. Ça te fait très mal ? dit-elle au petit. Le garçon ne répondit pas. Une odeur de jasmin montait de ses blessures.

La pluie tombait sur le toit de tôle. Mme Brignac entendit un bruit étrange, comme le son rythmé de calebasses. Elle baissa les yeux vers les pieds de la mère et son regard plongea dans la gorge rouge d'un serpent à sonnettes. Mme Brignac voulut la prévenir, mais la mère restait figée. Elle brillait comme des lys de gingembre, comme la lune, comme le crucifix d'Émile à l'aurore.

Amira

Le vol que prenait Jeanne de Détroit à l'aéroport JFK de New York était prévu pour 17 h 05. La plupart de la côte est des États-Unis subissait du mauvais temps à la suite d'une tornade, mais Jeanne ignorait les conditions météorologiques quand elle avait pris l'avion à Marquette dans le Michigan. Tous les vols à destination de JFK, de LaGuardia et de Newark, et même ceux de Boston et de Hartford, avaient été annulés.

Jeanne changea de vol. Départ pour LaGuardia à 6 h 40. Elle acheta un yogourt aux mures de Boysen et s'assit à l'une des tables orange du Burger King, juste en face du comptoir à yogourt. Elle allait se détendre un peu avant de prendre une chambre d'hôtel pour la nuit.

Le yogourt la calma. Elle jeta le pot vide dans une poubelle de recyclage et se dirigea vers le comptoir d'accueil... Pas de chambre de disponible dans un rayon de quatre-vingts kilomètres de l'aéroport.

Cela voulait dire pas de chambre à tarif réduit et un voyage en taxi cher. La femme souriante et détendue derrière le comptoir donna à Jeanne un oreiller blanc sans taie, une couverture bleu marin et une petite trousse de voyage. *Compliments of*

Wayne Country Detroit Metropolitan Airport était inscrit en grosses lettres blanches.

La trousse en faux cuir était douce au toucher. Jeanne se dirigea vers les toilettes les plus proches.

Dans une alcôve se trouvaient deux grands divans en cuir couleur caramel. Une jeune fille au teint olivâtre faisait face à Jeanne. « Ça, c'est mieux ! » se dit-elle, en souriant à la jeune femme qui lui rendit son sourire.

— Tu vas à New York ? lui demanda Jeanne.

— Oui, dit-elle, c'est ma seconde nuit à l'aéroport.

— Désolée, lui dit Jeanne regardant l'autre divan. Celui-ci est pris ?

— Non, répondit-elle.

Alors c'est le mien, dit Jeanne. Elle poussa sa petite valise de l'autre côté du divan, se déchaussa et s'effondra dans le cuir somptueux.

— Permets-moi de me présenter. Je m'appelle Jeanne Gaudet, dit-elle en se tournant vers la jeune fille.

— Enchantée, Amira Baro, répondit celle-ci dans un anglais élégant.

Jeanne n'arrivait pas à placer son accent, malgré sa douzaine d'années à Berkeley en Californie, où elle s'était habituée à presque tous les accents du monde.

— Qu'est-ce que vous allez faire à New York ? lui demanda Jeanne

— Je vais rendre visite à des amies jusqu'au 22 juin. Après ça, je vais en Angola voir mon père. Il est diplomate.

— Vraiment ? C'est là où tu es née ? lui demanda Jeanne.

— Non, je suis née à New Delhi, répondit Amira. Mais je ne suis pas comme tous les gens de là-bas. Quand j'étais petite, je parlais bodo, le dialecte de ma tribu transmis oralement, mais la langue est en train de disparaitre. Les écoles encouragent les parents à ne pas le parler avec leurs enfants.

— Un peu comme chez moi, lui dit Jeanne. Quand j'étais jeune, je parlais le français cadien, aussi transmis oralement, mais qui fait partie maintenant des langues menacées d'extinction. Mes parents se sont arrêtés de le parler avec nous, sûrs que des bases solides en anglais garantiraient notre succès économique.

Amira expliqua qu'à cause de la carrière de son père, la famille avait dû déménager tous les trois ou quatre ans. Ils avaient vécu à Rio de Janeiro, en Jamaïque, au Costa Rica, à Paris et maintenant son père était en Angola.

— Oh là là, s'exclama Jeanne, le souffle coupé. Vivre dans tous ces pays, apprendre toutes ces langues : le portugais, l'espagnol, le français...

— Pas vraiment, dit Amira. Partout où j'ai vécu mes camarades de classe se moquaient de moi parce que j'étais différente. Même en Inde, je suis différente. Mes parents disent que je parle notre dialecte avec un accent bizarre. À vrai dire, je suis en train de l'oublier...

— Tu étudies à l'université maintenant ? lui demanda Jeanne.

— Oui, à Wayne State, répondit Amira.

— Mais pourquoi diable Wayne State ? s'exclama Jeanne, qui pensait qu'un diplomate pouvait facilement envoyer sa fille à une des grandes universités privées de l'Ivy League.

— Je fais des études de métallurgie et d'arts graphiques, mais je n'ai aucune idée de ce que je vais faire quand j'aurai mon diplôme en décembre.

— Vous habitez à New York ? lui demanda Amira.

— Non, j'habite Marquette, dans la Haute Péninsule du Michigan. Je suis prof.

— Qu'est-ce que vous enseignez ?

— La création littéraire. J'ai obtenu ce poste il y a vingt ans et pour moi c'est la fin du voyage.

— Et pourquoi ? lui demanda Amira.

— Pourquoi quitter la Haute Péninsule du Michigan ? Le lac Supérieur – si bleu, si immense – qu'on n'en voit même pas l'autre rive ? Comme j'ai grandi près du Mississippi à La Nouvelle-Orléans, je n'avais jamais vu des eaux si extraordinaires. Dans la Haute Péninsule, à Munising, le long des côtes déchiquetées, les eaux sont si limpides qu'on voit les galets au fond du lac. On peut voir des épaves, on peut tout voir à travers d'immenses panneaux de verre au fond des bateaux. Les falaises de grès striées de minéraux – ocre, jade et brun – s'élèvent jusqu'à plus de 200 pieds !

— J'ai beaucoup entendu parler de la Haute Péninsule, dit Amira. Ça semble très beau. Les étudiants de Wayne State qui viennent de là-bas n'ont qu'une hâte, c'est de rentrer chez eux quand leurs études le leur permettent, et même quand ils n'ont pas vraiment le temps d'y aller. Il y en a qui sautent des cours pour rentrer chez eux passer un long weekend pendant la saison de chasse. Ils disent qu'il n'y a rien de mieux que d'être dans leur cabane.

— C'est vrai, dit Jeanne. Et c'est la même chose en Louisiane.

— Et même quand les *Yoopers* de la Haute Péninsule quittent leur ville pour aller étudier à l'université, ajouta Amira, ils restent proches de leur famille, plus que moi de la mienne, dit-elle. Je les envie. Il me semble qu'ils sont également attachés à leur terre – les forêts, les plages et les eaux. Je n'ai rien de ça. Je suis aussi déracinée que la plupart des Américains.

— Nous, les Cadiens, nous sommes comme les *Yoopers*, malgré nos grandes différences de climat : le froid du Michigan et la chaleur de la Louisiane. Comme eux, nous sommes sur notre terre natale depuis des générations et celle-ci définit notre identité. Pour nous, la famille est sacrée aussi, ajouta Jeanne.

— Qu'est-ce que vous allez faire à New York ? lui demanda Amira.

— Je vais lire certains de mes poèmes à un festival international de poésie aux Nations Unies, pour célébrer le Millénaire.

— C'est impressionnant, dit Amira.

— Pas vraiment, répondit Jeanne, je ne suis pas la vedette du spectacle. Je vais être là-bas avec de grands poètes qui ont reçu des prix prestigieux comme, par exemple, le Pulitzer. Si jamais j'y arrive.

Toutes les deux avaient une réservation pour le vol de LaGuardia de 6 h 40. Une longue nuit les attendait, mais ni l'une ni l'autre n'en était perturbée. Jeanne sortit de son sac à dos deux *golden delicious* et en offrit une à Amira. Merci, dit celle-ci. Elles les rincèrent dans le lavabo puis elles s'installèrent pour la nuit sur les divans.

— Ça fait longtemps que j'ai faim, dit Amira, en mordant dans le fruit, mais j'avais peur de quitter ce divan et que l'on ne me le prenne. Alors, je ne suis pas allée chercher quelque chose à manger.

— Regarde, dit Jeanne, j'ai des barres protéinées que j'ai achetées avant de partir : *Coconut Delight* et *Almond Supreme*. J'en ai d'autres dans ma valise. Tiens, prends celle que tu préfères.

— Oh non, c'est trop généreux.

— Mais non, avec plaisir.

Amira choisit le *Coconut Delight*. Elle ouvrit la barre avec anticipation.

— Vous avez publié des livres ? lui demanda Amira.

— Oui, dit Jeanne, et elle ouvrit la fermeture éclair de son sac à dos. Voici un de mes livres de poèmes en vers libres. Je vais en lire quelques-uns demain soir.

— Vous me permettez ? dit Amira, en tendant une main vers le livre.

— Oh, ce n'est pas nécessaire, dit Jeanne.

— Mais si, j'aimerais bien le lire, dit Amira.

Jeanne croyait qu'elle le feuillèterait, qu'elle en lirait quelques pages et le lui rendrait, mais Amira commença par la première page et le lut jusqu'à la fin. Elle rendit le petit livre à Jeanne.

— Ils sont morbides, dit Amira.

— Tu sais, il y a eu tous ces décès dans ma famille, dit Jeanne : un frère d'un accident de voiture, un autre frère d'un cancer. Et puis mon père. Je suppose que la poésie m'a aidée à affronter ces pertes.

— Je comprends, dit Amira. Ma mère est morte du cancer l'année passée.

— Oh, no! exclama Jeanne. Si j'avais su, je n'aurais pas...

— Ne vous inquiétez pas, dit Amira doucement. On n'y peut rien. C'est la vie. Mais c'est mon père qui me préoccupe. Il est célibataire. C'est pour ça que je vais lui rendre visite.

Jeanne pensa à la mort de son père et de ses frères. Combien de fois elle avait eu besoin de raconter leurs histoires dans ses poèmes. Comment elle les avait racontées à des étrangers, à ses petits amis. À tous ceux qui voulaient bien l'écouter. Jeanne sentait de la tendresse envers Amira et voyait bien qu'elle avait besoin de parler.

— Tu étais au chevet de ta mère quand elle est morte?

— Non, elle est morte en Inde, expliqua Amira. J'étais à Détroit à l'époque. Mon frère Raj était à Silicon Valley, à San José. Il est ingénieur logiciel. Mon autre frère, Fareed, est chirurgien à Denver...

J'étais contente de rentrer chez moi, à notre vieille maison.

— Je comprends, dit Jeanne. La seule chose de bien des funérailles c'est que les familles se réunissent.

— Mais je n'ai pas eu grand-chose à contribuer, expliqua Amira. Selon nos coutumes familiales, c'est l'ainé qui s'occupe des rites, alors toutes les responsabilités sont tombées sur mon frère Raj...

— Ton pauvre frère, soupira Jeanne.

— D'abord, Raj a ramassé des roseaux dans le jardin de derrière, il les a enduits de ghee et il a construit le bucher funéraire de notre mère. Il l'a mise sur la bière et il l'a recouverte de cannelle et d'autres épices. Ça cache l'odeur de la chair qui brule, expliqua Amira. Puis il l'a recouverte d'une seconde couche de roseaux.

— À quoi sert le ghee, le beurre? demanda Jeanne.

— Ça assure que le feu ne s'éteigne pas, dit Amira.

— Évidemment, dit Jeanne.

— Chaque jour, pendant douze jours, mon frère a apporté à notre mère ses plats favoris. C'est la coutume. Des bananes et des goyaves, des haricots verts à la noix de coco, du poisson aux dates et de la sauce au yaourt. Servi sur des feuilles de bananier ou quelquefois préparé à la vapeur dans ces feuilles. On sert tout avec des feuilles de bananier... Après ça Raj a apporté à notre mère des pièces de monnaie pour qu'elle les donne au passeur quand elle arriverait à l'autre monde.

— Le passeur ? Incroyable ! exclama Jeanne.

— Oui, dit Amira. Il doit y avoir des racines communes entre les Grecs et ma tribu.

— C'est fascinant, dit Jeanne.

— C'étaient mes premières funérailles, ajouta Amira.

— Quelle histoire ! dit Jeanne. Tous ces détails ! Tu devrais écrire cette histoire, écrire une nouvelle.

— Non, dit Amira. Je ne peux pas. Peut-être dans quelques années.

— Oui, mais n'attends pas trop !

— C'était comment quand votre père est mort ? lui demanda Amira.

— Eh bien, chez nous on embaume les morts, dit Jeanne. À La Nouvelle-Orléans, les gens paient 20 000 dollars ou plus pour le cercueil le plus orné, la robe la plus élégante ou le meilleur costume, enfin pour leurs derniers habits. Tout le monde veut être beau dans son cercueil, plus beau mort que vivant. J'ai connu une femme qui à soixante-quinze ans a suivi un programme minceur afin d'être en belle forme dans son cercueil.

— Vous plaisantez !

— Non, pas du tout, répliqua Jeanne. Et même elle, à son âge, allait être une morte magnifique. L'entrepreneur des pompes funèbres aurait effacé un jour ses rides avec du collagène, si elle ne s'était pas déjà fait faire un lifting, et il couvrirait son visage lisse d'une couche de cire afin d'en affiner le contour. Une teinture de cheveux et une coiffure jeune lui enlèveraient des années. Quant à moi, je préférais être incinérée afin d'éviter aux autres les dérangements, mais ma mère dit que si je ne suis pas enterrée avec la famille, ma place dans l'histoire sera oubliée.

— Comment ? lui demanda Amira.

— Mon nom ne serait alors inscrit nulle part, je veux dire, ni sur une pierre tombale ni sur la paroi d'un mausolée.

— Oh, je comprends, dit Amira.

— Malgré l'aspect commercial et théâtral des funérailles, ajouta Jeanne, notre douleur est réelle et profonde. Je me souviens de la nuit où mon père est mort... J'étais la dernière de onze enfants qu'il attendait pour lui dire au revoir.

— Quelle grande famille ! exclama Amira.

— Oui, dit Jeanne. Enfin, mon père, lui, ne parlait plus et il pouvait à peine lever la main, mais il continuait à montrer sa montre du doigt, m'a dit ma mère. C'était sa façon de demander quand j'allais enfin arriver. Quand finalement j'ai pu m'asseoir à ses côtés, il était dans le coma. J'ai beaucoup pleuré quand il a rendu le dernier soupir et je continue à regretter d'être arrivée trop tard.

— Trop tard ? Je ne crois pas, dit Amira. Je suis sure qu'il était conscient de votre présence. J'ai lu quelque part que quand on est mourant, durant les dernières heures, on comprend tout de ce qu'on dit autour de nous. On a l'air inconscient, mais on ne l'est pas vraiment.

— Peut-être que tu as raison. Enfin, je l'espère.

— Et les rites ? lui demanda Amira.

— Eh bien, les jeunes préfèrent qu'on emmène le corps au funérarium, mais les plus vieux préfèrent la façon traditionnelle, surtout s'ils ont pas mal d'argent et que leur maison est pleine de meubles anciens.

— Comment ? dit Amira.

— Tu sais, avant, les lits se construisaient avec un truc qui permettait d'incliner le matelas, avec la tête du lit plus haute que le pied. Tous les lits étaient conçus avec l'ultime moment en tête ; c'est-à-dire, l'exposition du corps, soit dans la chambre elle-même, soit dans un des salons si la famille attendait beaucoup de visiteurs.

— Oh, d'accord, dit Amira.

— À cause de la chaleur en Louisiane, ajouta Jeanne, on met de grands bacs de glace sous le lit pour que le corps reste le plus frais possible. Des jupes de lit très ornées cachent les bacs en métal.

— Incroyable, dit Amira. De nos jours, aux États-Unis ?

— Tu sais, la tradition règne en Louisiane, expliqua Jeanne. Les funérailles, tout comme les mariages, sont parfaitement orchestrées, ajouta-t-elle. Un spectacle dramatique, et c'est qui peut surpasser qui, c'est la règle du jeu. Malgré tout, selon le temps qu'il fait et combien on paie l'embaumeur, la bataille contre l'inévitable n'est pas toujours gagnée.

— C'est-à-dire ? lui demanda Amira.

— Simplement que, moi, je pouvais sentir la

mort sur le corps de mon père, même si tout était beau avec des bouquets de fleurs partout. C'était un peu comme le début d'un rhume de tête, tu sais ? Je me suis demandé si tout le monde la sentait, la mort, mais je n'ai pas osé demander.

— Ça, alors ! dit Amira.

— Et on veille le mort toute la nuit, ajouta Jeanne. C'est une ancienne coutume pour s'assurer que le corps ne soit pas profané. On sert du café noir dans des cafetières en argent réservées aux veillées funéraires, et dans toute la maison on couvre les miroirs de crêpe de Chine noir pour être sûr que l'âme ne s'envole pas à travers l'un d'eux et ne se perde avant son ascension au paradis.

— Ça doit être impressionnant, dit Amira.

— On récite le rosaire toutes les heures, en français cadien, ajouta Jeanne. Même si notre langue est en train de disparaitre, comme la tienne, elle est bien vivante dans les rites comme celui-ci et dans les contes et les blagues.

— Le rosaire ? J'ai entendu le mot, mais je ne sais pas ce qu'il veut dire, lui dit Amira en bâillant.

Jeanne regarda sa montre : trois heures du matin. Il faut qu'on dorme un peu, dit-elle. Sinon on ne va pas se réveiller à temps pour notre vol. Jeanne ferma les yeux...

Bien que les deux femmes échangèrent leurs coordonnées avant de se séparer le lendemain, Jeanne était sure qu'elle ne reverrait jamais cette jeune femme, ni qu'elle aurait de ses nouvelles...

Cinq jours plus tard, quand son avion atterrit à

Marquette, à Sawyer International Airport, Jeanne accueillit avec plaisir l'air frais, les pins gris et les sapins baumiers des collines. Elle pensa à Amira, blessée par le souvenir de la réaction tiède de celle-ci à ses poèmes. Malgré tout, cette jeune femme lui avait beaucoup plu. Une fois rentrée chez elle, elle mit la carte d'embarquement sur laquelle étaient écrites les coordonnées d'Amira dans le petit tiroir de son coffret à bijoux en haut de l'armoire.

Puis Jeanne se regarda dans le miroir. Elle ferma les yeux et respira profondément. Elle imagina l'arôme des feuilles de bananier qui grillent dans le ghee.

Tit June est revenu la veille de Noël

Vingt ans après que Tit June est mort, il est revenu. Il avait été gone depuis si longtemps que personne savait éyoù il était ou quoi il avait fait et on osait pas demander.

Il avait cet air, assis à la grande table, Mama après servir le riz et le gombo, mettant le grand bol devant lui.

Les garçons, ça a raconté des histoires : cette-là éyoù Tit June sonnait la cloche de l'église à quatre heures du matin pour la messe de six heures, comment tout le monde est arrivé une heure à l'avance et Père Chauve, lui, il croyait qu'il avait fait un gros malheur et qu'on était après protester contre lui. Et l'histoire éyoù Doux-Doux s'est tranché le pied ouvert avec une machette de cannes et tous ses sutures. Et, oh yeah, ces contests de pissat derrière la levée.

J'ai dit à ma sœur Rita, assise à côté de moi : Well, Tit June est mort, je connais, mais alle l'admettait pas, et personne a fait attention à moi du tout ; tout le monde s'est laissé emporter par le spectacle. Tit June, il a juste bu sa merise, continuant ses bêtises, comme s'il avait jamais été gone du tout.

Dès que Noël est venu, Tit June a fait sa valise est pis il est parti. Personne savait éyoù il allait ou équand il reviendrait. Il a pas dit. Il savait què'que chose que nous autres, on connaissait pas encore.

La vision d'Eziel

Et une épée percera votre cœur. Luc 2, 35

1.

Eziel tombe dans le coma. La Sainte-Vierge apparait et l'habille d'une robe blanche. Elle lui murmure à l'oreille...

Eziel doit construire une chapelle en honneur de la Vierge, là où le plafond du grenier de sa maison victorienne est le plus haut. Son plafond en cathédrale gothique assurera que le regard se lève vers les cieux.

Ce soir-là, le Christ descend, son sang luisant coulant de ses blessures, et il rejoint sa mère au chevet d'Eziel. Elle s'abreuve du sang qui sort de son flanc. Le Christ passe un anneau au doigt de celle-ci. Quand l'aurore filtre à travers les rideaux en dentelle, la Sainte Mère et son Fils montent tandis que les séraphins chantent et que le parfum des petites roses créoles remplit la chambre.

2.

Eziel s'arrête de manger de la viande et se nourrit surtout de bouillon et de chou frisé qu'elle cultive à sa baie vitrée. Elle porte une toile de jute sous ses vêtements.

En hiver, elle fait de la raquette, pieds nus,

jusqu'à ce que la douleur se transforme en agonie exquise, jusqu'à perte de toute sensation. Durée ! Oh, extase !

Bientôt, elle engage un commissaire-priseur. Rapidement disparaissent son lit à baldaquin, ses poteaux solides sculptés, et sa tête de lit ; son armoire ; une commode à la marquèterie à fleurs et au-dessus en marbre. Se vendent aussi le récamier, sa porcelaine de Limoges, son argenterie de Lunt. Rapidement, elle a tout ce dont elle a besoin pour la chapelle.

3.

Durant les fêtes de Noël, l'évêque prend rendez-vous avec Eziel. Il veut voir de ses propres yeux, cette femme, cet endroit. En chemin, il pense à l'esprit confus d'elle, son affirmation ridicule que plusieurs fois la Vierge lui serait apparue dans une grotte illuminée par des lustres.

Quand Eziel ouvre la porte en fer forgé, le parfum des lys remplit l'entrée. Ivre du parfum, de la beauté et de la pureté d'Eziel, l'évêque perd son calme, et tombe dans les plis somptueux du canapé Louis XIV pas encore vendu. Il se cogne la tête contre le châssis en bois d'arbre fruitier de France, probablement en poirier.

Peu après l'évêque repart. Il s'effondre sur le siège de son auto. Il s'accroche au volant de sa voiture et il sanglote. Des perles de sueur se forment sur son front. Son cœur s'affole.

Finalement, il se calme et reprend ses esprits,

mais il se trouble de nouveau, car devant lui, au pied d'une tonnelle, des clématites bleues percent la neige.

4.

Maintenant, Eziel engage un charpentier. Pour la chapelle, il construit une grande arche gothique. Il sculpte des bas-reliefs de fleur de lys, de feuilles d'acanthe, de lianes.

À *Butler Antique Mall*, elle trouve un vitrail. Dans le panneau bas, un pélican nourrit ses trois petits. Leurs becs percent son tendre abdomen, duquel tombent de grosses gouttes de sang.

Eziel place le vitrail devant deux fenêtres verticales au fond de la chapelle. À droite, elle pose une grande statue de la Vierge vêtue d'une robe blanche, d'une cape bleue et d'une fine ceinture sous sa poitrine.

À travers le vitrail la lumière passe, bleu royal et rouge. Des prismes dansent sur les lèvres de la Vierge.

5.

De toute la Haute Péninsule du Michigan, de Copper Harbor à Whitefish Point et Sault Ste-Marie, de Big Bay à Marquette et Ishpeming, des croyants et des non-croyants viennent à la chapelle, poussés par les rumeurs ou la ferveur.

À la lumière des cierges et du vitrail, entourés du parfum des roses sauvages et du parquet d'érable, des chapelets en cristal dispersent la lumière.

Des femmes italiennes viennent, d'autres d'origine cornique, d'origine irlandaise, d'origine grecque. Des Ojibwa catholiques, ou non, viennent. Des femmes luthériennes – des Églises finlandaise, norvégienne et suédoise – viennent aussi voir la Vierge. Des Juives viennent. Des musulmanes viennent. Des shamans, des prêtres, des pasteurs viennent. Des rabbins, des imams viennent.

Ils implorent la Vierge pour le retour de leurs filles, de leurs fils, de leurs époux qui se battent ou sont prisonniers en Afghanistan, en Iran, en Iraq. En Jordanie, en Égypte, en Libye. En Tunisie, au Yémen.

6.

Depuis l'ouverture de la chapelle de Notre-Dame, des centaines sont rentrés de leur affectation militaire, d'ambassades, hantés par des visions de résistants dans un état de frénésie, de mères violées et tuées, d'enfants qui pleurent pour elles.

Gravé à jamais dans leur mémoire est le sang d'innombrables corps, le sacrifice qui ressuscitera des villes, récoltera le blé, dont on fera du pain, et fera couler l'eau douce comme le vin.

Dans la chapelle, des révélations divines émerveillent les visiteurs. Le soir et tout au long de la nuit, on entend des prières et des lamentations.

7.

Depuis la consécration de la chapelle, Eziel a écrit mille psaumes en honneur de la Vierge, milles villanelles, en son honneur, cinq-cents pantoums, une vingtaine de sonnets, des fibonaccis, des ghazals, des haïkus, tous en son honneur.

La Vierge a guéri des centaines de visiteurs de maladies cardiaques, de troubles nerveux, de dépression…

8.

À quatre-vingt-dix-neuf ans, Eziel meurt paisiblement dans son sommeil. Durant l'autopsie, le pathologiste remarque une hypertrophie du cœur, la façon dont il remplit sa poitrine. Quand il le coupe, il remarque aussi la façon dont le sang en coule en grosses gouttes.

9.

Les funérailles ont lieu en l'église Saint-Jean à Ishpeming. Quand le prêtre fait l'aspersion d'eau bénite sur le cercueil d'Eziel, un son étrange, presque inaudible, émane du cercueil. Confus, le prêtre lève la voix. Le cœur persiste. Un soupir. Une vague. Un battement de tambour au loin.

10.

Quand les porteurs descendent le cercueil, le soleil sort des nuages gris, avec un extraordinaire éclat.

Les muguets émergent du cœur d'Eziel, à travers le satin, à travers le bronze du cercueil. Des muguets surgissent de la terre autour de son cercueil, se répandent dans les rues de la ville, de ville en ville, à travers les océans, au sommet des montagnes, dans les déserts. Partout, les muguets fleurissent. Les muguets fleurissent. Ils fleurissent.

Théodule

En Louisiane, le long du Mississippi, avant la motorisation de la culture de la canne à sucre avec ses grandes moissonneuses durant la roulaison, les Cadiens s'entraidaient à couper les bâtons de canne avec leurs machettes et puis à bruler les clos. Le conte suivant se déroule à cette époque-là.

En octobre, durant la roulaison, le prêtre de la paroisse avait engagé la belle et jeune Jeannette de la ferme voisine pour qu'elle s'occupe des poulets et des canards de la savane du presbytère et pour qu'elle prépare le déjeuner du prêtre.

Tous les matins, elle leur donnait des graines de maïs et elle gardait les cotons pour les vaches. Elle ramassait aussi les œufs. Après ses travaux à l'extérieur, la belle préparait le repas du prêtre, de la bonne barbue ou du bon maque-choux, tout ça tandis que le prêtre aidait les paroissiens dans les clos.

Deux ouvriers d'une bonne cinquantaine, qui se cachaient derrière de grands bananiers, avaient remarqué que le prêtre rentrait au presbytère tous les jours à onze heures et qu'après son repas Jeannette et lui s'asseyaient à bavarder sur les marches derrière la maison. Intrigués par la régularité de leurs entretiens, les deux canailles décidèrent de les épier en douce.

Ils allèrent trouver Théodule, le gribouille du village. Ils lui offrirent un cinq-sous s'il grimpait dans le vieux chêne derrière le presbytère pour écouter le prêtre et la jeune.

Ça fait que le lendemain, Théodule monta au sommet du chêne et se cacha derrière le feuillage d'une énorme branche. Les deux vilains ricanaient derrière les bananiers et avaient du mal à garder le silence.

Le repas terminé, le prêtre et Jeannette s'assirent à l'ombre du chêne, le dos appuyé contre le tronc. Ils échangèrent plusieurs phrases et le prêtre commença à caresser Jeanette.

—Alors, on va le faire?

—Oh non, dit-elle. Si j'ai un enfant, je vas pas avoir assez d'argent pour le nourrir, pour l'habiller et pour m'en occuper. J'ai pas rien. Comment je pourrais me galoper?

—Ne t'inquiète pas, dit le prêtre en levant un bras vers les cieux, comme s'il indiquait du doigt les branches du chêne. C'est Lui là-haut qui s'en occupera.

Théodule, croyant que le prêtre parlait de lui, s'écria:

—Vous couillons, si vous avez un enfant, ne comptez pas sur moi pour que je m'en occupe. J'ai trop d'autres choses à me giguler.

Quand le prêtre entendit ces paroles, il perdit connaissance. Jeannette, elle, partit en courant à travers les clos, et les poules et les canards effrayés se mirent à pousser des cris dans un tourbillon de poussière. Quand le prêtre reprit connaissance, il s'échappa mors aux dents à La Nouvelle-Orléans.

Les deux ouvriers éclatèrent de rire. Chacun paya un cinq-sous à Théodule. Et lui, il quiaqua parce qu'il avait doublé son profit. Il partit à toute vitesse se voyant déja tchaqué au bal à soir et faisant le jig et le two-step.

Feux follets

Pour M. Hébert

En mars, les tulipiers étaient dénudés, leurs pétales lilas sur le sol si doux qu'elle s'y étendait, nue, son corps opulent, sous l'azur clair.

Nul dans la ville ne le savait – comment sa chevelure s'était défaite, ses cheveux noirs lumineux sous le soleil, ses cheveux, en vagues, comme les plis d'une robe funéraire étalée sur la terre encore fraiche.

Nul dans la ville ne le savait – son corps lisse, son corps humide, sous la terre, ses doigts s'allongeant, encerclant pierres et racines.

Nul ne le savait – flux et reflux, souffles de son corps, attraction de la terre à la lune, souffles de son corps, cierges dans la nuit sacrée.

Textes dans les éditions antérieures

Ces nouvelles et poèmes en prose ont paru, parfois sous une forme un peu différente, dans les anthologies et les revues suivantes :

Anthologie

« Le Hangar à tabac » dans *Feux follets : Anthologie de la nouvelle louisianaise*. Éditions de la Nouvelle Acadie, Centre d'études louisianaises : Université du Sud-Ouest de la Louisiane, Lafayette, Louisiane, 1998.

Revues

« Feux follets » dans *Metamorphoses*, the journal on literary translation from University of Massachusetts, Smith College, Amherst College, Mt. Holyoke College, and Hampshire College : Amherst / North Hampton, Massachusetts, 2004.

« À la pêche aux écrevisses » and « Elphia et le serpent-sonnette » dans *Metamorphoses: Special Issue on Francophone Literature*, 2003.

Notre Dame des Douleurs dans *Feux follets : Revue de création littéraire*. Études Francophones du département des Langues Modernes de l'Université de Louisiane à Lafayette, 1998.

« Tit June est revenu la Veille de Noël » dans Metamorphoses, 1995.

Remerciements

J'adresse ma profonde gratitude à F. Kyra Sido pour son aide et pour sa relecture des textes en français figurant dans ce livre ; à Martin E. Achatz pour sa relecture des textes en anglais ; et à Georgette LeBlanc, directrice de la collection Acadie Tropicale aux Éditions Perce-Neige, et à Clint Bruce, professeur adjoint de français à l'Université du Maine à Farmington qui a fait ses études à l'Université Brown, pour leur relecture des textes en français ainsi que des textes en anglais. Leurs suggestions m'ont été précieuses. Remerciements aussi à David Cary, à Marcel Cary, à Guy Drouin, à Marie-Claude Duchayne, à Maurice Dupuy, à Ollivier Dyens, à Melanie et David Fairclough, à Jeanine et Henri Gustat, à Lydia Hoff, à Caroline Krzakoski, à Molly Meier, à Todd Poirier, à Patti Ann Poirrier Amato, à James F. Scott, à Roland Simon, à Simon Thibault et à Warren Vidrine.

Je remercie avant tout Serge Patrice Thibodeau, directeur général et littéraire des Éditions Perce-Neige, de son intérêt pour mes nouvelles et pour mes poèmes. Enfin, tous mes remerciements à l'Université du Michigan du Nord qui, en m'accordant une année sabbatique et en m'octroyant un prix de recherche, The Excellence in Scholarship Award, m'a permis d'écrire et de publier ce livre.

Blind River

For my sisters and brothers:
Emily Matherne Boudreaux, Dale Matherne,
Curtis Matherne, Jr., Albert Matherne, Dennis
Matherne, Shirley Matherne Poché, Johnny Matherne,
Patrick Matherne, Charmaine Matherne Ordeneaux,
Karen Matherne Tramonte, Ernie Matherne,
and Paula Matherne Weber.

The Tobacco Shed

Home was a triangle of farmland the color of chocolate. Just west of New Orleans, it rose above marshes between the Mississippi and the Gulf of Mexico.

Our father grew tobacco. During harvest, we used to hang the stalks in sheds to dry, so we had several on our property. The structures still haunt me – rain hammering galvanized roofs, swirls and jagged edges in the grain of weathered beams.

Because they were dark and mysterious, Émilie and I liked to play in them. Most of all, we liked "to play church" in the shed nearest the house. In this game, it was I, twelve and eldest, who played the priest.

I wore the sacred vestments: a mauve maternity blouse and a purple LSU hat, with a gold *pompon* on top. Émilie, who was ten, wore a pleated skirt, high heels, and a straw *chapeau*. A spray of red roses hung from the black velvet band of the hat. It wasn't hard to gather these costumes. We kept them in an armoire in the attic of our house.

Émilie wore red lipstick. I put Brilliantine in my hair, making a part down the middle of my head. I wanted to look like Grand-grand-père Florestin –

Pépère Flo we called him – who, as a middle-aged man, posed in a starched shirt and bow tie. The black-and-white photograph hung in an oval on the wall above the headboard in our parents' room.

We took the path from our backyard to the tobacco shed at the edge of the pasture. Wild vines studded with red trumpet blooms covered the facade.

Inside, I stood next to a picture of the Sacred Heart nailed to the wall: His bleeding hands, His swollen heart pierced with thorns, suspended in a corona of gold. The second floor of the shed towered over me, like the nave of a cathedral, the topmost part of its heavy beams disappearing in vaulted darkness.

Before me, Émilie knelt as if at mass. With a roll of mint Lifesavers in the palm of my hand, I gave her the sacred bread, saying in Latin: *Corpus Christi*. She received the Host on her tongue and then inclined her head.

As soon as the ceremony ended, we laughed and laughed, unable to stop. That's how we made fun of the priest of our Church, Pépère Patin.

Pépère Patin, who came from France, was all wrinkles. We thought he was a hundred years old. His fair complexion and blue eyes were different from ours: olive skin and brown eyes. On his temples patches of eczema often erupted, leaving clotted blood or scabs.

"You all watch too much *télévision* – and for that, one day, you will all burn in hell!" he would say whenever he came to the house, tipsy from too much wine.

That day in the shed, I egged Émilie on, imitating Pépère Patin. I staggered and spat, reproaching her with my pointer finger: "One day, you will burn in hell!"

Suddenly, Émilie screamed: "A snake, a snake!" The snake, coiled on a pile of tobacco stems, residue of the last harvest, was in a corner of the shed. When it uncoiled and slithered, a ray of light from a window above pierced the darkness. On its back, we could see black diamonds, their yellow borders on rust.

"He's looking me straight in the eye," I said. I stood still, mesmerized. But when the snake slithered too close, we fled, seeking refuge in the house with Mama.

That night, after supper, Émilie and I sat on the living room floor to play cards. Through the window, frogs and crickets sounded their rhythms. Between hands of *bourrée*, we talked about the snake.

"Do you think it was a regular snake?" I asked.

"What do you mean?"

"Well, the way it looked at me, you know, like it was different, more than just a snake."

"Maybe it's a sign," Émilie said. "A warning, you know, that we shouldn't laugh at Church and Pépère Patin and all."

When I woke up the next morning, I thought about the snake. As much as I wanted to, I dared not tell Mama or Daddy what we had done in the shed before its appearance. Was the snake an apparition from God, to keep us on the right path?

My conscience told me Émilie was right. We had sinned, we knew it, and we would make our own penance. From then on, we would take seriously the stories *Pépère Patin* preached on Sundays: Adam and Eve in the Garden, Satan tempting Christ in the desert...

To pay for our transgression, we made plans for a play based on a story we had heard countless times on Sunday. Because we needed him for the play, we took our little brother Jean with us to the tobacco shed.

"You'll be the most important character," I told him. Jean smiled, his black eyes bright in his dark face.

Preparations for the play started with a gathering of *piquants*, thorns, from the *piquant-mourette* tree. The tree stood near the entrance of the shed. In the heat of summer harvest, we drove nails at the base of tobacco stalks under the shade of this tree, then hung them by the nails to dry. Now and then, one of us stepped on a *piquant*, its sharp point easily piercing the skin. Daddy would rush us to the doctor to ease the pain and to have a tetanus shot.

Without difficulty, we found more thorns than we needed. With thorns and *paillasse*, the hemp string we used to tie pound-sized packets of tobacco during harvest, I prepared something for the play.

"What are you doing?" asked Jean.

"You'll see," I said. I grabbed an old potato sack, and ripped it at the seam with a pocket knife.

"What are you gonna do with that?" Émilie asked.

"You'll see, *chère*. Hand me the rope and hammer on top of the barrel."

We had found the remnants of an old telephone post next to a mule plow in the shed. I nailed a horizontal plank about a foot from the top of the post; a foot from the bottom, I nailed a second plank, only smaller, creating a platform like the one beneath Christ's feet on the cross. Émilie and I stood the post against the great crossbeam at the entrance of the shed.

I wrapped a piece of sack around Jean's shorts, tied a rope around his waist to hold the cloth in place, and lifted him, placing his feet on the small platform at the bottom of the post. I tied him to the post with the rope, passing it gently around his waist.

Then I climbed onto an oak barrel, the kind we filled with tobacco at harvest to put leaves under pressure. I twined the rope loosely around Jean's chest and extended his arms, placing the back of his hands against the large horizontal plank. Finally, I tied his hands to the plank, providing buffers of sack between his skin and the rope.

"How's that? It doesn't hurt, does it?" I asked.

"No, not at all," Jean said.

Then I put the purple-and-gold LSU hat, turned inside out, on his head. The hat protected him from the crown of thorns I lowered onto his brow.

"It's a game," I said. "But we want to be careful. We don't want to be as cruel as the people in the real story of Jesus, right?"

Jean smiled timidly, and then tried to look serious, like a real actor.

Émilie and I danced, hand in hand, around the cross. As we gained speed, I thought of *Madame Grands-Doigts*, the stories *Mémère* used to tell. More than just a figure of folklore, *Madame Grands-Doigts* was real, ever present, and ready to gouge our eyes with her pointed fingernails whenever we misbehaved. Propelled by fright, gathering momentum, transporting ourselves out of this world, we sang:

> *Madame Grands-Doigts va t'attraper.*
> *Madame Grands-Doigts va t'attraper.*
> *Avec ses ongles bien acérés,*
> *Madame Grands-Doigts va t'attraper.*

Jean became frightened and began to struggle against the ropes, kicking his feet on the cross and crying.

"Let me go! It hurts! I'm afraid of *Madame Grands-Doigts!*" We ignored him, continuing to laugh, to dance, and to sing:

Madame Grands-Doigts va t'attraper.
Madame Grands-Doigts va t'attraper.
T'es fort en peine d'y échapper,
Madame Grands-Doigts va t'attraper.

Jean's cries became desperate. He pounded the cross with his feet. I signaled Émilie to stop, climbing quickly onto the barrel to untie him, but couldn't. The knots had become too tight. We ran to the house for help but were afraid to go to the kitchen to tell Mama what we had done.

"You tell, Émilie," I said.

Émilie ran to her room, giving me an accusing look. I hammered at her door.

"Come out, come out! We've got to tell. We can't leave Jean."

Émilie burst from the room. The two of us raced to Mama. We threw ourselves at her, almost knocking her down...

When we found Jean, he was hanging from the cross. His head hung on his chest, saliva foaming at his mouth. It looked as though a woodpecker had hammered his brow. Twenty minutes later, the ambulance drove across the pasture.

That night, after leaving Jean at the hospital, Mama cried.

"You are not my children," she said.

Daddy, equally shocked, gave us a sermon.

"And you, because you're oldest, you're most responsible," he said, pointing at me.

Despite my efforts to take *Pépère Patin*

seriously, I had committed a mortal sin of the worst degree, maybe even murder.

The milk bottles in the *Baltimore Catechism* flashed before me: the first bottle, the white bottle, the soul free of sin; the second, with its few brush strokes, venial sin; and the solid black, third bottle, the lost soul of the mortal sinner. Gauges of Good and Evil, the milk bottles passed judgment. And now, the undeniably black bottle would send me straight to hell.

On Saturday, Émilie and I confessed our sins to *Pépère Patin*.

"Bless me, father, for I have sinned," I began. "It has been one week since my last confession."

"What have you done, my girl?"

"I made fun of the Church and...

"What? Louder. I cannot hear you."

"Father, I made fun of you," I murmured.

When I had finished describing what had happened in the shed – the mock communion before the arrival of the snake, the episode with Jean – *Pépère Patin* was snoring. I got a whiff of stale wine on his breath. As soon as I stopped talking, he woke up. He bumped his knee on the wall of the confessional. He grunted, "Say ten Our Fathers and ten Hail *Maries*."

"What did he give you for penance, Émilie?" I asked after we had confessed.

"Ten Our Fathers and ten Hail Marys," she said.

We looked at each other. We always compared penances. We knew that if *Pépère Patin* had really listened, he would have given me ten rosaries.

The next morning, at breakfast, I couldn't swallow my *grandes-pattes* and *café au lait*. It was not only the August heat that took away my appetite but a nightmare I had about the snake in the shed.

Émilie and I left the table, went out through the kitchen door, and sat on the back steps. It started to drizzle. A breeze brought the aroma of tobacco fermenting under pressure in the shed. I told Émilie about the nightmare:

It was nighttime, and the rattlesnake chased me from my bed, through the pasture, all the way to the shed. When I got there, the cross where I had hung Jean was on fire. The snake, coiled around the cross, grimaced at me. Huge teeth stuck out of his mouth. His forked tongue sprung from his throat. He rattled, and the louder he rattled the more the fire burned.

He hit me on the head with his rattle. Then I became the snake. My scales glowed in the firelight, my coils got bigger, and sharp teeth sprung from my mouth.

Then Madame Grands-Doigts came. She reached for me with her bony fingers and sharp claws. I thought she would skin me alive.

But the scene changed. Jean was hanging on the cross again. Madame Grands-Doigts roared: Rah! She gashed Jean's side with her claw. The blood gushed!

"I hung my little brother. He's going to die. He's going to die, I know he's going to die."

"You didn't intend to do anything mean," Émilie said.

We thought of telling the dream to Mama, but we were sure she no longer wanted to hear from us. We didn't want to make things worse, so we kept our distance.

Three days later, Jean came home. He was pale and feeble, but everybody said he was going to live. Neighbors packed the living room. Mama served cake, made with a coconut she had cracked herself. And we had hand-dripped, French roast coffee – from the French Market in New Orleans – black, black, for those who liked it that way, or with sugar and fresh cream. When the neighbors left, I turned to Mama.

"Mama, can I please talk to Jean? I need to tell him..."

"I know, *chère*. He wants to talk to you, too."

I opened the door to Jean's room. I walked to the head of the bed and knelt down. Jean was dozing. I saw the rope burns on his wrists. I reached out and gently touched the red skin. Jean woke up.

"How ya doin'?"

"I'm a little tired."

"They were nice to you at the hospital?"

"Yeah."

"You're glad to be back home?"

"Yeah."

I opened my mouth to say what I wanted to

say, but the words stuck on my tongue. The fan hummed on the night table. I heard Daddy's heavy kips as he walked past the door.

Finally, Jean spoke.

"My feet slipped off the platform. It's not your fault."

When I cried, Jean reached for me and held me hard on his chest…

I came out of Jean's room, hugged Mama around the waist, and she put her arms around me. Daddy smoothed my hair with his hand, kissed the top of my head.

Émilie and I headed for our tree house. We walked to the great cypress tree beside the tobacco shed, dodging large cypress knees jutting from the ground. We climbed the ladder nailed onto the trunk of the tree, sunlight filtering through moss in its branches. We sat on the floor of the tree house.

"Thank God Jean's alive!" I sobbed. I looked at Émilie.

"I am going to take care of Jean the rest of my life."

Émilie's lips quivered.

I stopped talking. I looked straight ahead, as if in a trance. I had wanted to open Jean's pajama shirt to see the hole *Madame Grands-Doigts* had pierced in his side, but I didn't. I rubbed my fingers over the floor of the tree house. My thumb found a protruding nail. I pressed back and forth against the nailhead, saying to myself:

"It's going to heal, it's going to heal, I know it's going to heal."

I glanced down at the galvanized roof of the tobacco shed. Daddy's tractor droned in the distance.

Elphia and the Rattlesnake

For Guy Drouin

There once was a little girl who lived on the shore of *Blind River* in Cajun Country. Innocent, almost in bloom, her brown eyes shone, and her chestnut hair tumbled to her waist.

On Saturday mornings, Elphia went to her Gandmother's house. Together, they would have *café au lait* and *croquecignoles*. Above all, Elphia loved the stories *Mémère Ta-Ta* told about princesses and princes.

Whenever Elphia left the house to go to *Mémère Ta-Ta*, her parents would warn: "Stay on the path, and don't talk to strangers."

One day, in February, Elphia was on her way to *Mémère Ta-Ta*. Cold bit her cheeks, and fog hung under the cypress trees.

When she was almost there, she heard something rustle in the brush. She stopped. Before her, a rattlesnake slithered on the path. Strangely, Elphia didn't run. The snake looked her straight in the eye, dancing and playing his rattles with such charm he hypnotized her.

"*Bonjour*, pretty little girl," he said. "My, how your lips are red and full. My how your breasts are like rosebuds. My how your complexion is fair, your skin like velvet. You must be a princess, so it will be easy to help me, won't it? Because, me, I'm just a poor snake."

"I'm sorry, *Monsieur*, but I can't help you. My parents told me to stay on the path and never talk to strangers."

"Please, dear child, be my friend. It was sunny yesterday. The thaw woke me up early. There's nothing to eat on the banks of the bayou, and I heard it's going to freeze again tonight. So please put me in your coat and take me with you."

Well, Elphia sat down to think and rest a little, all the while looking at the snake. "How pretty he is, with black diamonds on his back the color of rust," she said. "Plus, he's hungry."

Finally, she opened her arms, picked up the snake, and put him inside her coat, next to her warm breast. "Poor little thing. I won't leave you on the ground to die. We'll go to my grandma's house for hot café au lait and good croquecignoles."

The two friends continued along the path to Mémère Ta-Ta's house. Three red cardinals perched on naked branches of oaks along the way. Suddenly, the snake uncoiled and bit Elphia on the bottom. She started to cry, "How could you hurt me like this? I thought we were best friends!"

The snake answered, "You heard me rattle when you picked me off the ground."

And he left, heading down the path to New Orleans.

Our Lady of Sorrows

Hail Mary, full of grace, the Lord is with thee. Blessed art thou among women...

they pray, some fifty of them, evening after evening, since Ghislaine slipped into a coma.

She had become weak in the garden. By sundown, she couldn't move. Her husband Jean called an ambulance, called his in-laws.

"It's meningitis," the doctor announced. "She's not able to breathe on her own, and her kidneys have stopped. Listen, Jean, we don't want to lead you on. Her brain... may be affected... by lack of oxygen."

Word of Ghislaine's condition spread on both banks of the Mississippi. The next evening, family and friends filled the waiting room at the hospital...

Ghislaine's mother stood the Blessed Virgin on a coffee table in the center of the room, crowning Her with small Creole roses. She lit two, foot-high votives, stood them on each side of the statue, and signaled Ghislaine's father to turn down the lights. Flames in the blue glass cast a glow, like light through stained-glass windows. Everyone gathered around the statue:

and blessed is the fruit of thy womb, Jesus. Holy Mary, Mother of God, pray for us sinners...

they recite, heads bowed, knees numb on the hard linoleum floor.

"Doctor, when can I see her?" Jean asked.

"You may see her now, but she won't..."

"I understand," he said.

"You'll have to wash your hands with disinfectant, and remove your shoes," the doctor said. "Here are paper slippers and a gown."

Jean walked into his wife's room. Blood bloomed like roses under the surface of her skin, no longer knowing how to circulate. Blisters appeared between her fingers. Jean couldn't understand why the nurses hadn't tried to keep them from coming. And though the hospital was clean, clean sheets, clean floor, he could smell something like the coming of a cold. He got weak and his knees buckled. He clung to the chair next to Ghislaine's bed. He could hear oxygen rush through the ventilator tube, the regular rhythm of the dialysis machine, like waves in a river.

Jean remembered the hunting trip he had taken with his father at *Pointe de Canne* when he was twelve. How he had shot his first duck, plunged into water in his waders to retrieve it. He had only clipped the wing but could tell by its distorted body how the duck had struggled, hidden among reeds, and drowned itself.

Holding the dead mallard in his hand, he stroked its feathers, slick and cold, like clay. He never touched his shotgun again.

Jean walked out of Ghislaine's room. He couldn't stop thinking about the duck...

"We tried to wean her from the respirator," the doctor said, "but there were complications. We did a tracheotomy, but her circulation hasn't improved... We've removed four fingers from her right hand... This document gives us permission to amputate both legs at the knees. We need you to... sign here."

Ghislaine's mother wailed. She collapsed into her husband's arms.

The *Pieta* at Our Lady of Sorrows flashed before Jean: blood streaming on Jesus's brow, the holes in His hands, the gash in His side. The stricken face of the Blessed Mother. He thought of whips slicing Jesus's flesh, the weight of the cross. Jean reeled. Sat down, closed his eyes.

The mallard spun against his eyelids, wings splayed, a cross wheeling against blue sky. Jean opened his eyes. He looked up at the doctor, the pen cold and heavy in his hand...

now and at the hour of our death.

Amen.

Crawfishing

When I get to the edge of the swamp, well, there's a lot to do. First, me, I put on my waders. If not, the leeches suck me in places I don't know. Then I rub "Off" on my face and neck and put on my long-sleeved shirt. Like that, the mosquitoes don't bite much.

I wade across the water to my traps. The stink of chicken bait is gone, and my nets are full. I dump the crawfish into potato sacks, throw them in the bed of my'tit truck Ford, and take them to the French Market in New Orleans.

Even though I sell most of the crawfish in the open market, I carry a sack home to Mame, Nénaine, and Tante Élise. They scald them and put a pile aside for a special dish.

In a big chaudière in the backyard, they boil the rest, with plenty of Zatarain and Tabasco Sauce. They cool a little, and we eat them for supper with French bread.

After supper, Mame, Nénaine, and Tante Élise peel the pile they set aside. They put the peeled tails in a bowl, the "empty heads" in another bowl, and the pinchers in yet another.

Mame passes half the tails through the meat

grinder. She adds spices, fresh parsley, and shallots. Then she stuffs the "heads" with the mixture. With all of that – tails, "stuffed heads," and pinchers – she makes a good crawfish bisque.

As the bisque simmers, we have a few glasses of cherry bounce, loosen up a little, and wait for 'Mame's favorite joke:

"A crawfish in a plate of bisque is like a old man: All his tail is in his head!"

Beyond Mathematics

An old Peugeot chortled in the driveway. The horn blew once. Pierre dropped his breakfast fork, slipped out of his chair, and threw his backpack over his shoulder. He launched himself into his dad's arms.

"Take care of *maman*," he whispered, peering at his mother in the large hospital bed they had installed in the living room. Ben saw the pain in his son's face. Pierre burst out the door.

Lace curtains filled and emptied with a breeze from San Francisco Bay. Ben pulled them back, watched the car drive onto Norvell Street. He caught the scent of lemon blossoms, the odor of dust.

The humidity was changing. He could feel the temperature dropping. The wind picked up and whipped the apricot tree. Petals fell horizontally, like snow in blizzards Ben had known in the Upper Peninsula of Michigan, where he had lived for a time as a child.

Memories of his paternal grandfather Koski flashed before him, how they worked together in the woodshop in winter, the pot-bellied stove hissing, created right angles of maple and pine, dug slivers from calloused hands. Hail pounded the window panes. Ben closed the windows.

He stood next to Marie's bed. Alta Bates Hospice had delivered it two weeks ago. The bed fascinated Pierre. "Put me higher," his mother would say, and Pierre would push the buttons, until she was just right. He'd hand his dad the control and slide under the bed, to see how it worked.

Ben leaned over Marie, adjusting her pillow.

"Can I fix you an egg?" he asked.

Marie didn't answer. Ben felt foolish asking the question, but he couldn't always gauge her level of awareness.

Two days earlier, Marie had awakened in the middle of the night, perfectly lucid.

"Are you there, Ben?" she asked, in a small voice, high-pitched and dry.

"I'm here," Ben answered.

"I don't want to die," she stammered.

"I don't want you to die either, but... I don't think... " said Ben, gently caressing her temple with the back of his fingers. "I don't think..."

"It's OK, Ben," she said, and fell back asleep.

Marie lay in the bed on her side, a lilac blanket up to her waist, swallowed by the too-large sleeves and bodice of her white flannel gown. Her fingers, bones visible through skin, lay limp in the cup of Ben's hand, big and clumsy and pink. Ben didn't usually think of himself as awkward – six feet four, a former hockey starter at University of Michigan, not an ounce of fat on his powerful frame – but Marie's cancer, her tremendous suffering, humbled him and made him aware of his shortcomings.

Ben placed a syringe of morphine at Marie's lips, sure neither of his ability to administer the drug nor of its effectiveness. Though skillful at navigating the currents of San Francisco Bay, he remembered learning to sail, going forward seemingly, but losing ground against the currents and dropping anchor to keep from going backwards. These past weeks, he navigated waters he had never known, and going with the wind and the waves would take him to a shore he'd rather not reach.

Ben waited for Helen, the nurse from the hospice, whose help he appreciated, especially the bath she gave Marie every morning, preferring not to do it himself. Marie's spine was riddled with tumors, and Ben was afraid she would break in his hands. He thought of the origami boxes his son made at school. The delicate rice paper. How the closing of fingers or the falling of a book could destroy the fragile figures.

It was mid-May. The term had ended at Berkeley, where Ben, professor of mathematics, had finally received tenure. He had just published a book on topology, a study of continuity and shape in mathematics. In no hurry to take on any new projects, he was thankful for the timing.

******

Rain whispered in the house. Ben fell asleep in the chair at Marie's bedside. He dreamed of his Grandpa Nyberg's farm in Kansas. The steep, green hill behind the house. Yellow trumpet lilies. And, in the meadow, Holsteins, udders swollen for hungry calves. He saw himself fishing for bullhead on the edge of the creek that ran in front of the house.

Under apple trees, a harvest of watermelons. Round and pregnant. Seeds and pink meat. He saw fields of corn, husks pulled back, white silk blinding in afternoon brightness. He saw Pierre, a toddler, falling off the dock at the Berkeley Marina. His blond head plunged deep into water, and Ben watched his son sink to a place no sunlight touched... He awoke.

******

A tremor shook Marie's dishes in the china cabinet – the San Andreas Fault, shifting its plates. The tremor stopped, and Ben looked at Marie. She was breathing slowly. Smoothing her thin hair on the pillow, he couldn't tell whether she was aware of his presence.

Ben opened the *San Francisco Chronicle*. Mayor Diane Feinstein dominated the headlines. The phone rang. It was Helen.

"Are you OK?" Ben asked.

"I'm sorry, I'm going to be late," she answered. "There's been an accident on the Nimitz, and traffic is backed up to the Bay Bridge exit."

"Don't worry," Ben said. "She's asleep now. I'll talk to you when you get here."

Ben turned the pages of *The Chronicle*. None of the headlines caught his attention. He folded the paper, aligning corners of its pages. Marie whimpered, murmuring something about Pierre. She had difficulty forming the words. Ben didn't understand. Marie drifted back to sleep.

******

Ben remembered the day when he'd met her on the Berkeley campus ten years earlier. She sat on a bench in front of Sproul Hall, sipping a pineapple smoothie, her burgundy sweater sculpting the swell of her breasts. Ben thought of her now-shallow chest, childlike and vulnerable. How, when she showed him, he had kissed where her breasts had been.

"Mind if I sit here a minute?" he'd asked.

"No, go right ahead," she said, moving over a little.

"I'm giving handouts in my math class this morning. Think I forgot them in the car," he said, looking at her green eyes and olive skin, catching himself, and blushing a little.

He shuffled through folders in his satchel, his blond hair falling in his eyes. He looked up at Marie, pushed his hair to the side, and smiled.

"Excuse me," he said, and ran to the parking lot. The typical professor: absent-minded, not quite in touch with the quotidian.

A few months later, Marie walked through Sather Gate and into Ben's arms, healthy and strong, her jet-black hair the scent of coconut spilling over her shoulders. Ben had just proposed over the telephone, though he had intended to do so at the Sheraton Palace over grilled salmon.

"Why would I want to get married?" Marie argued during the months of their courtship. "I don't want to have babies. I want to finish my Ph.D. Have a long career, without the complication of husband and home." Marie fell in love and that was that. They were married in a reception room at International House at the end of the term.

When Ben had met her, Marie was studying literature in the French Department at Berkeley. She had come back after two years at the Sorbonne, not interested in scholarship but willing to pay the price: book after book of critical theory, in order to perfect her writing in French. The escalating rhythms of her poems, the pleasure of her words on his tongue, was something Ben had never known. For the first time, he understood that passage from the Irish philosopher, about the apple, how its flavor comes not from the fruit alone, but also from the pleasure of its contact with the palate.

******

Ben went to the kitchen for coffee. When he got back, Marie's breaths were labored and widely spaced. The moment he had feared for more than a year had finally come. Over and over, he had staged their last moments, imagined parting words, himself short of breath and terrified.

Now, Marie took her last breath. The wrinkles in her face relaxed, months of suffering erased like a graphic effect on a screen. He closed her eyes with a calm that surprised him. With the back of his fingers, he brushed her cheek, already cold.

"Thank you, God," he said, "for letting her go."

Ben knew exactly what he needed to do. Marie had written everything down: the phone numbers of her family in Louisiana, the number of the lawyer who had written her will, the scholarship in her name at University of Louisiana, for French majors with promise and financial need, but he was in no hurry.

He wanted to sit with Marie for a while, before Helen arrived, before phone calls, before they took her away. He sat down and looked at her, small and pale beneath the covers.

In his mind's eye, he saw Pierre at five weeks, a tiny cocoon in the large bed at Children's Hospital in Oakland, just after his surgery. His sutures, the plates in his skull, and his fontanel had closed prematurely.

"Without surgery," the pediatrician had explained, "his head would grow in the shape of an egg. He'd be the laughing stock on the playground, and worse, his brain might not develop normally."

Ben remembered when Marie removed the dressing from Pierre's little head: the large "s" the surgeon had carved, stitched closed like the teeth of a zipper. He imagined the nurses pulling back the skin, the surgeon sawing two, inch-wide channels across the skull. He remembered the blood transfusion. Marie's fear of losing the baby.

Because his head could not collapse to fit his

mother's birth canal, Pierre's delivery had been hard. Ben imagined himself falling onto his hams and hands again, dropping his head low, to keep from fainting, when Pierre finally popped out of Marie's body. Marie had insisted on a Lamaze birth, just as she insisted on dying at home. Ben had never witnessed so much physical pain or blood, nor experienced such joy. Suddenly, he was elated. It was over. He had held together.

Now, he would single-parent his boy. He thought of the mere layer of skin that covered his brain. He wanted to protect him from accidents. Objects that puncture. He remembered Marie nursing Pierre that morning at Children's, how the baby looked right into his mother's eyes.

Ben didn't how how he would live without Marie's tenderness. He wanted to draw their son safely to his own chest.

Slipping Accidents

In the old days in South Louisiana there lived, in a parish along the Mississippi River, an old priest from France, kind and loved by all his parishioners.

During his tenure there, he scheduled confessions on Saturday afternoon. From the beginning, several women confessed repeatedly that they had been unfaithful to their husband. The priest told them:

"Above all, my dears, never confess to me in those terms. They offend me. Find another way. Say instead... something like maybe... *I slipped*. I'll understand and I'll give you absolution."

And things went like that, the "slipping" episodes becoming numerous.

Then one day, old age and sickness took the poor man from his flock. He was replaced by a young Cajun priest who continued to hear confessions on Saturday afternoon. He was surprised that the women slipped so often and couldn't understand what these accidents had to do with confessing sins.

After thinking about it, he concluded that he should ask others around town about the accidents. To do that, it was necessary to find where these accidents took place. He went around the village and arrived at the wash house.

The entrance sloped downward, so he thought that such a place, wet laundry and soapy water trickling everywhere, could indeed cause all that slipping.

So he went to see the mayor and told him about his thoughts regarding the numerous accidents happening among the women. The mayor, who was in the know, told him, laughing,

"Don't worry, Father, it's not serious."

"Not serious?" the priest exclaimed. "That's what you say! Look, last week, even your wife slipped three times."

Suddenly, the mayor quit smiling.

The Vision of Madame Brignac

Mme Brignac stirred white flour into cooking oil, a roux for andouille gumbo. She prepared the dish only once a month. Sausage cost more than she had. She thought of her dead husband, Émile, glanced at his burial crucifix above her door. She used to make gumbo every Sunday, in honor of him.

The roux was becoming the color of chocolate when Mme Brignac heard leaves rustle and twigs snap on the path to the door of her shack. She rested her cooking spoon in a saucer and slid her pot onto the back burner of her stove.

She looked out the window and saw, walking toward her, a young mother holding her little boy by the hand. The two, barefoot, wore clothes made of flour sacks. When they saw Madame Brignac at her window, they raised their open palms for bread. Mme Brignac reached for the latch of her door. At once, blinding light flooded its frame and filled the room. The two beggars appeared before her. The mother smiled. Blood flowed from her son's hands.

"Who hurt him?" asked Mme Brignac. "Is your pain bad?" she asked the boy. The boy didn't answer. The scent of jasmine rose from his wounds.

Rain fell on her tin roof. Mme Brignac heard a

strange sound, the rhythm of gourds. She glanced toward the sound, at the foot of the mother, into the red throat of a rattlesnake. Mme Brignac wanted to warn her, but the mother stood motionless.

She shone like ginger lilies, like the moon, like Émile's crucifix at dawn.

Amira

Jeanne's Northwest flight, from Detroit to JFK in New York, was scheduled to leave at 5:05 P.M. Much of the East Coast was undergoing bad weather in the aftermath of a tornado, but Jeanne was unaware of conditions when she boarded her plane in Marquette, Michigan. All flights to JFK, LaGuardia, and Newark, even flights to Boston and Hartford, were cancelled.

Jeanne rescheduled a 6:40 A.M. flight to LaGuardia. She got herself a boysenberry yogurt and sat at one of those orange Burger King tables, just across from the yogurt counter. She would relax a little and then book a room for the night.

The yogurt soothed her. She threw the empty cup into a recycle bin and headed for the airport hospitality counter... No rooms available within a 50-mile radius of the airport.

That meant no discount room rates and high cab fares. The woman behind the counter, smiling and not frazzled, handed Jeanne a synthetic white pillow without a case, a navy blanket, and an overnight pack. *Compliments of Wayne County Detroit Metropolitan Airport*, it said, stamped in large white letters.

The faux leather kit was soft in Jeanne's hand. She made her way to the nearest women's room.

In an alcove, two large leather couches the color of caramel faced each other. A small, olive-skinned girl sat in the couch across from Jeanne. "This is more like it," she said, smiling at the young woman who smiled back.

"Are you going to New York?" Jeanne asked.

"Yes," she said, "this is my second night at the airport."

"I'm sorry," Jeanne said, surveying the other couch. "This one taken?"

"No," the girl said.

Then it's mine she said. She wheeled her small carry-over on to the other side of the couch, took off her shoes, and dropped into its plush leather folds.

"I'm Jeanne Gaudet," she said, facing the young woman.

"Pleased to meet you. My name is Amira Baro," the girl replied in elegant English. Jeanne couldn't quite place her accent, despite a dozen years of living in Berkeley, California, where she had become accustomed to most linguistic sounds of the world.

"What are you doing in New York?" Jeanne asked.

"I'm staying there with friends until June 22. Then I'm flying to Angola to visit my father. He's a diplomat."

"Really?" Jeanne said. "Were you born there?"

"No, in New Delhi," Amira answered. "But I'm quite different from most in Delhi. I grew up speaking Bodo, a tribal language, passed on by word of mouth, but it's dying. Schools are encouraging parents not to speak it with their children."

"Like me," Jeanne said. "I grew up speaking Cajun French, also passed on by word of mouth, on the endangered list of linguistic species as well. My parents stopped speaking it with us, too, sure that a solid grounding in English would guarantee our economic success."

Amira explained how, to accommodate her father's career, her family had moved about every three or four years. They'd lived in Rio de Janeiro, Jamaica, Costa Rica, Paris, and now her father was in Angola.

"Wow, how exciting!" Jeanne gasped. "To live in all those countries, learn all those languages: Portuguese, Spanish, French..."

"Not really," Amira said. "Everywhere I've lived, my classmates have made fun of me because I was different. Even in India, I'm different. My relatives say that I speak our tribal language with a bizarre accent. To tell you the truth, I'm forgetting it."

"Are you in college?" asked Jeanne.

"Yes, I'm a student at Wayne State," Amira replied.

"What in the world brought you to Wayne State?" Jeanne asked, thinking a diplomat could send his daughter to one of the Ivies.

"I'm studying metallurgy and graphic art, but I have no idea what I'll do when I graduate in December."

"Do you live in New York?" Amira asked Jeanne.

"No, I live in the Upper Peninsula, in Marquette. I teach there."

"What do you teach?"

"Creative writing," Jeanne said. "I took the job twenty years ago, and it's my last stop.

"Why?" Amira asked.

"Who would want to leave the Upper Peninsula of Michigan? Lake Superior – so blue, so huge – you see no end of it? Growing up along the Muddy Mississippi in New Orleans, I had never seen waters like these. In the U.P., in Munising, along rugged shoreline, the water is so clear you see rock bottom. You can tour shipwrecks, see everything through huge glass panes on the boat's floor. Sandstone cliffs streaked with minerals – ochre, jade, dun – rise high as 200 feet!"

"I've heard a lot about the U.P.," said Amira. "Sounds beautiful. Many students at Wayne State come from there and can't wait to get back home whenever their schedule allows or even when it doesn't. Some go back for long weekends during hunting season, while school is still in session. They say there's nothing like being at camp."

"That's true," said Jeanne. "And it's the same in Louisiana."

"Despite leaving home for college, they stay close to the family, closer than I am to mine," Amira said. "I envy that. They seem quite connected to the physical place they come from – forests, beaches, and water. I don't have any of that. I'm as uprooted as most Americans."

"We Cajuns are very much like the people of the U.P., despite the huge difference in weather: the cold of Michigan and the heat of Louisiana. Like Yoopers, we've lived on the same land for generations and our identity is shaped by it. Family, too, is sacred," Jeanne added.

"What takes you to New York?" Amira asked.

"I'm going to read at an international poetry festival at the United Nations, to celebrate the Millennium."

"That's impressive," Amira said.

"Not really," Jeanne said, "I'm not the star of the show. I'll be there with highly acclaimed poets who have won prestigious prizes, like the Pulitzer, for example. That is, if ever I arrive."

They were both booked on the 6:40 for LaGuardia. A long night lay ahead, but neither was upset. Jeanne dug for her stash of Golden Delicious at the bottom of her backpack and handed one to Amira. "Thanks," she said. They washed the apples in the lavatory then settled onto the couches for the night.

"I've been really hungry," Amira said, biting into the fruit, "but I've been afraid to leave this couch, so I haven't tried to find anything to eat."

"Look," Jeanne said. "I've got these protein bars I bought at the Marquette Food Co-op before I left: Coconut Delight and Almond Supreme, and I've got more in my suitcase. Which would you like?"

"I wouldn't normally," Amira said.

"Go ahead," Jeanne urged. Amira chose the Coconut Delight. She tore open the cellophane wrapper.

"Are you a published author?" Amira asked.

"Yes," Jeanne said, and she unzipped the pocket

of her backpack. "Here's one of my poetry books, in free verse. I'm going to read from it tomorrow night."

"May I?" Amira said, reaching for the book.

"Oh, you don't have to," Jeanne said.

"I'd like to," Amira said.

Jeanne thought she'd thumb through the pages, read a few stanzas, close the book and hand it back, but Amira started with the first poem and read to the end. She handed the thin volume back to Jeanne.

"They're morbid," she said.

"Well, there had been all those deaths in the family," Jeanne said. "A brother in a car accident, another brother from cancer. And then my dad. I guess writing poetry helped me to deal with loss."

"I know," Amira said. "My mother died of cancer last year."

"Oh!" Jeanne exclaimed. "Had I known, I would never..."

"It's OK," Amira said. "What can you do? Life goes on. It's my father I'm worried about. He lives alone. That's why I am going to see him."

Jeanne remembered when her father and brothers had died. How she had to tell their stories over and over again in her poems. Tell them to strangers, to boyfriends. Anyone who would listen. Jeanne liked Amira and could tell that she needed to talk.

"Were you at your mother's bedside when she died?"

"No, she died in India," Amira explained. "I was here in Detroit. My brother Raj was in Silicon Valley, in

San Jose. He's a software engineer. My other brother, Fareed, is a surgeon in Denver... Once I got back to India, I was glad to be home, at the old house."

"I understand," Jeanne said. "The one good thing about funerals is how families get together."

"But I had little to do with the funeral," Amira explained. "According to our family custom, the eldest son performs the rituals, so all the work fell on my brother Raj."

"Your poor brother," Jeanne sighed.

"First, Raj cut reeds from the garden, covered them with cleared butter and built mother's pyre. He placed her on the bier and covered her with cinnamon and other spices. That controls the odor of burning flesh," Amira explained. "Then he covered her with a second layer of reeds."

"What's the purpose of butter?" Jeanne asked.

"It keeps the fire going," Amira said.

"Of course," said Jeanne.

"Each day, for twelve days, my brother brought our mother her favorite dishes. That's the custom. Bananas and guava, green beans with coconut, fish cooked in dates and yogurt sauce. Served on banana leaves," Amira added. "Raj brought her everything on banana leaves, or sometimes steamed in banana leaves. We serve everything with banana leaves... Then Raj brought mother coins to give to the boatman when she arrived in the Underworld."

"The boatman? Unbelievable!" Jeanne exclaimed.

"I know," Amira said. "There must be a common

root between the Greeks and my tribe.

"How fascinating," Jeanne said.

"It was my first funeral," Amira added.

"What a story!" Jeanne said. "What details! You need to tell this story, write it down."

"No," Amira said. "I couldn't do it. Maybe a few years from now."

"Yes, but don't wait too long!" Jeanne said.

"What was it like when your father died?" Amira asked.

"Well, in our culture, we embalm the dead," said Jeanne. "In New Orleans, people spend from $20,000 on up for the most elaborate coffin, finest dress or tailored suit, that final going away outfit. Everyone wants to 'look good' in the coffin, to look better dead than alive. I once knew a woman who joined a weight loss program at age 75, so she would look good in her coffin."

"You're kidding!"

"No, not at all," Jeanne replied. "And even she, at her age, would be a stunning corpse. The mortician would erase her wrinkles with collagen, if she hadn't already had a face-lift. He'd apply a layer of wax onto her hairless face, to perfect its contours. A dye job and a youthful coiffure would subtract additional years. As for me, I plan to have my own body cremated, to avoid the trouble and expense, but my mother says if I'm not interred with the rest of the family, I'll be lost to history..."

"How so?" Amira asked.

"My name wouldn't be inscribed anywhere, I

mean, neither on a tombstone nor on the wall of a mausoleum."

"Oh, I see," Amira said.

"Despite the commercialization and false show," Jeanne added, "our grief is real and deep. I remember the night my father died... I was the last of eleven children he had been waiting for to say goodbye."

"What a large family!" Amira exclaimed.

"Yes," said Jeanne. "Anyway, my father could no longer speak, and he could barely lift his hand, but he kept pointing to his watch, my mother said, his way of asking when I would finally arrive. By the time I sat at his bedside, he had gone into a coma. I cried hard when he took his last breath, feel bad to this day that I arrived too late."

"Too late? I don't think so," Amira said. "I'm sure your father was aware of your presence. I read somewhere that the dying can hear everything during their last hours. They seem unconscious, but they really aren't." "Maybe you're right," Jeanne said. "I hope so."

"What about rituals?" Amira asked.

"Well, younger folks favor funeral parlors, but elders do things the old way, especially if they're well off, and their houses packed with antiques.

"What do you mean?" Amira asked.

"See, we used to build into our beds a contraption that allows you to prop the mattress at an incline, the headboard up and the footboard down. Every bed was engineered with the ultimate in mind, the display of the corpse, either in the bedroom itself or in one of the parlors when the family expects lots of visitors."

"I see," Amira said.

"Because of the hot weather in Louisiana," Jeanne added, "we place huge tubs of ice under the bed to keep the body as fresh as possible. Bed skirts, rather ornate, hide the metal tubs."

"I don't believe it," Amira said. "Today, in the United States?"

"Well, tradition is king in Louisiana," Jeanne said. "Funerals, like weddings, are carefully staged. Dramatic spectacle, and who can outdo whom, is the name of the game. However, depending on the weather, and how much we pay the embalmer, we don't always win the battle against the inevitable."

"I don't understand," Amira said.

"It's simply that I could smell death in my father's body, even though the funeral parlor was beautiful with bouquets of flowers everywhere. The odor was a little like the coming of a head cold. You know what I mean? I wondered whether everybody smelled it, the death, but I dared not ask."

"Good grief!" Amira said.

"And we stay up all night with the deceased," Jeanne added. "This is an ancient custom, practiced to assure that the body is not violated in any way. We sip black coffee from silver urns, reserved only for wakes, and we cover mirrors throughout the house with black crêpe, to make sure the soul doesn't fly through one of them and get lost before its ascension into Heaven."

"That must be very dramatic!" Amira said.

"We say the Rosary every hour, in Cajun French," Jeanne added. "Though our language is dying, like yours, it's alive and well in rituals like this and in folktales and jokes."

"The Rosary, I've heard of that, but I don't know what it means," Amira said as she yawned.

Jeanne looked at her watch: 3:00 a.m. "Better get some sleep," she said. "Or else we won't wake up in time for our flight." Jeanne closed her eyes...

Though the two women hastily exchanged e-mail addresses and phone numbers before they parted, Jeanne was sure she would never see the young woman or hear from her again...

Five days later, when her plane touched down at K. I. Sawyer International Airport in Marquette, Jeanne welcomed fresh air, jack pine, balsam atop rolling hills. She thought of Amira, stung by the memory of her lukewarm reception of her poems. Still, she liked the girl. Once home, she placed the boarding pass bearing her e-mail into a tiny drawer of the jewelry box atop her armoire.

Then Jeanne looked at herself in the mirror. She closed her eyes, took a deep breath. She imagined the aroma of banana leaves roasting in butter.

Tit June Came Back on Chistmas Eve

Twenty years after Junior died, he came back. He'd been gone so long nobody knew where he'd been or what he'd been up to, and nobody dared ask.

He had this air about him, sitting at the big table, Mama spooning rice, dipping gumbo, putting the bowl in front of him.

The boys, they told stories: the one about Tit June ringing the church bell at four in the morning for six o'clock Mass, how everybody showed up a whole hour early, and Father Chauve, him, he thought he'd done wrong and we were protesting. And that one about Doux-Doux splitting open his foot with a cane knife and all those stitches. And, oh yeah, those pissing contests behind the levee.

I told my sister Rita sitting next to me, "Well, Tit June's dead, I know that," but she wouldn't admit it, and nobody paid me any mind; they all went along with the show. 'Tit June, he just drank his cherry bounce, kept carrying on like he'd never been gone at all.

Soon as Christmas morning came, Tit June packed his bag and left. Nobody knew where he was going or when he'd be back. He didn't tell. He knew something we didn't know yet.

The Vision of Eziel

And a sword shall pierce your heart. Luke 2:35

1.

Eziel falls into a coma. The Virgin Mary appears and dresses her in a white robe. She whispers in her ear...

Eziel is to found a chapel in honor of the Virgin, at the highest point in the attic of her Victorian home. Fully Gothic, its cathedral ceiling will assure the upward gaze of eyes.

That evening, Christ descends, joins His Mother at Eziel's bedside, blood glistening from His wounds. Eziel drinks from the gash in His side. Christ slides a band onto her finger.

When dawn filters through summer lace, Blessed Mother and Son ascend, seraphim chanting, the scent of roses filling the room.

2.

Eziel stops eating meat, takes mostly broth and kale she grows at her bay window, wears coarse burlap beneath her garments.

In winter, she snowshoes in bare feet, from ache to exquisite agony, loss of the senses. *Durée*! Oh, ecstasy!

Before long, Eziel hires an auctioneer. Quickly

go her oak bed, its sturdy hand-carved posts and headboard; her tall armoire; the Bombay chest, its floral inlay and marble top. Equally go the fainting couch, Limoges china, Lunt silver. Soon, she has all she needs for the chapel.

3.

In Christmas season, the bishop schedules an appointment with Eziel. He wants to see for himself that woman, that place.

On his way, he thinks of her addled mind, her foolish claim that the Virgin has appeared to her, multiple times, in a grotto of chandeliers.

When Eziel opens her wrought iron door, the perfume of Madonna lilies fills the hall. Intoxicated by the scent, beauty and purity of the woman, the bishop loses his composure, falls into plush folds of a Louis XIV couch not yet liquidated. He bangs his head on its frame, of fruit wood from France, probably pear.

Soon, the bishop takes his leave. He sinks into the seat of his car, clings to his steering wheel sobbing. Beads of sweat form on his brow. His heart beats wildly.

Finally, he quiets, collects himself but unsettles again, for before him, at the foot of an arbor, blue clematis pushes up from the snow.

4.

Eziel hires a carpenter. For the chapel, he builds a large Gothic arch. He carves bas-reliefs of *fleur de lys*, acanthus leaves, liana.

At Butler Antique Mall, Eziel finds a stained glass window. In its lower panel, a pelican feeds her three young. Beaks having punctured her tender abdomen, they draw blood. Drops, big and swollen, fall from her wounds.

Eziel places the stained glass before two vertical windows at the back of the chapel. To the right, she stands her large statue of the Virgin clad in white gown, blue cloak, slender girdle at her small breasts.

Light filters through stained glass, royal blue and red. Prisms play over the lips of the Virgin.

5.
Across the Upper Peninsula, from Copper Harbor to Whitefish Point to Sault Ste. Marie, from Big Bay to Marquette to Ishpeming, believers and non-believers, come to the chapel, inspired by rumor or fervor.

In light of votives and stained glass, amidst the scent of wild rose and hardwood maple, crystal Rosaries fracture light.

Women of Italian descent come, of Cornish descent, of Irish origin, of Greek origin, come. Ojibwa of Catholic persuasion, and not, come. Lutheran women – from the Finnish church, the Norwegian church, the Swedish church – also come to the Virgin. Jews come. Muslims come. Shamans, priests, pastors come. Rabbis, imams come.

They petition for the safe return of daughters, of sons, of spouses – serving or captured – in

Afghanistan, Iran, Iraq. In Jordan, Egypt, Libya. In Tunisia, Yemen.

6.

Since the opening of Our Lady's Chapel, scores have come home from military tours, from embassies, haunted by visions of entranced freedom fighters, mothers raped and killed, infants crying for them.

Etched in memories forever is the blood of innumerable bodies, sacrifice that will resurrect cities, harvest wheat for bread, tap waters sweet as wine.

In the chapel, revelations rain down. Prayer and weeping fill the evening, the night.

7.

Since the dedication of the chapel, Eziel has written a thousand psalms in honor of the Virgin, a thousand villanelles, in her honor, five hundred pantoums, scores of sonnets, in her honor, Fibonaccis, ghazals, haiku, and more, all in her honor.

Hundreds the Virgin has cured of heart disease, nervous disorders, depression...

8.

At age 99, Eziel dies peacefully in her sleep. At her autopsy, the pathologist notes the uncommon swell of her heart, the way it fills her chest cavity, how, when he cuts it, blood falls in swollen drops.

9.

The funeral takes place at St. John's in Ishpeming in May. When the priest sprinkles holy water on Eziel's coffin, a strange sound, almost inaudible, emanates from within. Unnerved, the priest raises his voice. The heart persists. A sigh. A wave. Drumbeat in the distance.

10.

When pallbearers lower the coffin into earth, sun emerges from gray clouds, with blinding brilliance.

Lilies of the Valley reach from Eziel's heart, through satin, through the bronze of her casket. Lilies of the Valley spring from soil at her grave, spill into streets of the town, across cities, across seas, atop mountains, into deserts. Everywhere, Lilies of the Valley bloom. Lilies of the Valley bloom. Lilies bloom.

Théodule

Along the Mississippi River in Louisiana, before sugar cane growing became mechanized and required the use of huge harvesters, Cajun neighbors helped one another with the harvest, using machetes to cut the cane, and then setting the fields afire. The following folktale takes place during this historical time.

In October, during sugar cane season, the parish priest hired the beautiful young Jeannette from the farm next door to take care of chickens and ducks in the pasture of the rectory and to prepare his midday meal.

Every morning, she fed them corn, keeping cobs for the cows, and gathered eggs. After her outdoor chores, she prepared the priest's midday meal, good catfish or *maque-choux*, all that while the priest helped parishioners in the fields.

Two workers in their fifties, who hid behind huge banana trees, noticed that the priest returned to the rectory for his meal at 11 o'clock every day, how afterwards, he and Jeannette sat on the back steps to talk. Intrigued by the regularity of their conversations, the two rascals decided to spy upon them.

They set out to find Théodule, the simpleton of the village, and offered him a nickel if he would climb up the centuries-old oak behind the rectory to overhear the conversation between the priest and the girl.

So, the next day, Théodule climbed to the top of the tree and hid behind foliage of a huge branch. The two rascals giggled behind the banana trees, practically wetting their pants.

Their meal finished, the priest and Jeannette sat in the shade of the oak, resting against the trunk. They exchanged several sentences, and the priest started to caress Jeanette.

"So, we're going to do it?" he asked.

"Oh, no!" Jeanette answered. "If I have a baby, I won't be able to feed, dress, and take care of it. I don't have any money. How would I manage?

"Don't worry," said the priest, lifting his arm to heaven, seemingly pointing to the oak branches, "the One up above will take care of it."

Théodule, thinking the priest was referring to him, cried out in protest:

"You fools, if you have a baby, don't count on me to take care of it. I have way too many other things to worry about."

When the priest heard these words, he lost consciousness. Jeanette bolted across the fields, chickens and ducks clucking and honking and kicking up dust. When the priest came to, he ran like a horse with a bit in his teeth, all the way to New Orleans.

The two workers broke into laughter. Each paid Théodule a nickel. He beamed, having doubled his gains. He left, already seeing himself tipsy, doing the jig and the two-step at the evening dance.

Feux Follets

For M. Hébert

By March, the Japanese tulips were bare, their lilac petals on the ground so soft she lay upon them, naked, her body opulent, the sky clear overhead.

No one in town knew anything about it – how her hair came undone, her hair black and luminous in the sun, her hair, its waves, folds of a funeral dress spread on the still cool ground.

No one in town knew anything about it – her body smooth, her body moist, beneath soil, fingers lengthening, circling shard and root.

No one knew anything about it – the tide coming in, the tide going out, breaths of her body, the pull from earth to moon, breaths of her body, votives, in the holy night.

CREDITS

These stories and prose poems, sometimes in a slightly different form, appeared in the following publications:

Anthologies

"The Vision of Eziel," with the title "The Poet's Vision," in *Here: Women Writing on Michigan's Upper Peninsula*. Michigan State University Press, East Lansing, Michigan, 2015.

"Amira" in *The Way North, Collected Upper Peninsula New Works*. Wayne State University Press, Detroit, Michigan, 2013.

"The Tobacco Shed" in *Resurrecting Grace: Remembering Catholic Childhoods*. Beacon Press: Boston, Massachusetts, 2001.

Reviews

"Crawfishing" and "Elphia and the Rattlesnake" in *Metamorphoses: Special Issue on Francophone Literature*, the journal on literary translation at University of Massachusetts, Smith College, Amherst College, Mt. Holyoke College, and Hampshire College: Amherst / North Hampton, Massachusetts, 2003.

"Feux Follets" in *Runes: A Review of Poetry*, Arctos Press, 2001.

"Tit June Came Back on Christmas Eve" in *Metamorphoses*, 1995.

Acknowledgements

Deep gratitude to F. Kyra Sido, for her help and close reading of the French texts in this book; to Martin E. Achatz, for his close reading of the English texts; to Georgette LeBlanc, editor-in-chief of the Acadie Tropicale Collection at Éditions Perce-Neige, and to Clint Bruce, Assistant Professor of French and Brown University graduate, at University of Maine at Farmington, for their close reading of both texts. Their suggestions were essential in the writing of this book. Thanks also to David Cary, Marcel Cary, Guy Drouin, Marie-Claude Duchayne, Maurice Dupuy, Ollivier Dyens, Melanie and David Fairclough, Jeanine and Henri Gustat, Lydia Hoff, Caroline Krzakoski, Molly Meier, Todd Poirier, Patti Ann Poirrier Amato, James F. Scott, Simon Thibault, and Warren Vidrine.

Thanks most of all to Serge Patrice Thibodeau, director general at Éditions Perce-Neige, for his interest in my stories and poems. Finally, thanks to Northern Michigan University for the sabbatical year and Excellence in Scholarship Award that allowed me to write and publish this book.

Glossaire / Glossary

À Elle, utilisé seulement comme sujet.
  (She).

Après Être en train de.
  (To be in the act of doing something).

Balance Le reste, le restant.
  (Remainder, the rest, as in the rest of my life).

Barbue Poisson-chat.
  (Catfish).

Bassette Petite et jolie.
  (Petite and pretty).

Bâton de canne Nervure principale d'une tige de canne à sucre.
  (Sugar cane stalk).

Boscoyo Racine de cipre qui sort de l'eau et de la terre.
  (Cypress knee).

Bourrée Jeu de cartes cadien.
  (Popular Cajun card game).

Brailler Pleurer, sangloter.
  (To cry, to bawl, to weep).

Ça Elles, ils.
  (They).

Calebasse Gourde.
  (Gourd).

Calotte   Bonnet de laine.
   (Knitted, wool cap).

Canaille   Coquin.
   (Trickster, rascal, clever person).

Bottes-pantalons   Waders.
   (Waders).

Capot   Pardessus, manteau.
   (Overcoat, coat).

Chaland   Bateau.
   (Flat-bottomed boat).

Chalotes   Échalotes.
   (Shallots).

Châssis   Fenêtre.
   (Window).

Chaudière   Chaudron.
   (Cauldron. Large cast iron cooking pot).

Chevrette   Crevette.
   (Shrimp).

Ciprière   Forêt de cipres inondée.
   (Cypress swamp).

Clos   Champ.
   (Field).

Connaitre   Savoir.
   (To know).

Coton-maïs Épi de maïs sans les graines.
 (Corncob).

Coton-tabac Nervure principale d'une feuille de tabac.
 (Stem of a tobacco leaf).

Couillon Imbécile.
 (Stupid fool).

Coulée Ruisseau.
 (Gulley, creek).

Criquet Grillon.
 (Criquet).

Croquecignol Beignet.
 (Doughnut).

Dedans Dans.
 (In).

Durée Extase, temps au-delà du temps réel, concept d'Henri Bergson.
 (Ecstasy, time beyond clock time, concept of Henri Bergson).

Équand Quand.
 (When).

Éyoù Où.
 (Where).

Fabrique Récolte et travail de tabac.
 (Gathering, drying, and curing of tobacco).

Se galoper Se débrouiller.
 (To manage, to get along).

Se giguler S'occuper de.
   (To take care of).

Grande-patte Beignet.
   (Flour batter fried in deep fat).

Gribouille Nigaud, niais.
   (Simpleton).

Haler Tirer.
   (To pull, to haul).

Maque-choux Plat de maïs épicé.
   (Spicy dish made with fresh corn removed from the cob).

Maringouin Moustique.
   (Mosquito).

Merise Vin de merise.
   (Cherry bounce, sweet like sherry).

Mousse espagnole Plante qui pend dans des arbres de l'environnement humide louisianais.
   (Spanish moss).

Ouaouaron Grenouille-taureau, grenouille géante.
   (Bullfrog).

Partir mors aux dents Partir précipitamment.
   (To leave in a mad hurry).

Paillasse Ficelle faite de chanvre.
   (Hemp string).

Piquant-mourette Arbre imposant de Louisiane qui laisse tomber de grandes épines.
   (Honey locust tree whose large thorns fall to the ground).

Plateau   Le lit d'un camion.
(Bed of a pick-up truck).

Quiaquer   Rire de bon cœur.
(To laugh heartily).

Roulaison   Récolte de canne à sucre.
(Sugar cane harvest).

Savane   Pré.
(Pasture, prairie, or meadow).

Tchaqué   Éméché, pompette ou soûl.
(Tipsy, drunk).

Tchiens   Tiens.
(Here you are. When handing something to someone. Look here. When disagreeing with someone).

Tête bourrée   Carapace d'une écrevisse farcie d'un fard de queue d'écrevisse moulinée.
(Stuffed head, crawfish carapace filled with stuffing and ground crawfish tails).

Train   Bruit.
(Noise).

À PROPOS DE L'ŒUVRE ET DE L'AUTEUR

L'ŒUVRE

Un vieux hangar à tabac, tout imprégné des odeurs du passé. Un lit d'hôpital où une malade exhale son dernier soupir. Un aéroport où deux étrangères vivent un moment de complicité.

Bayou des Acadiens, c'est tous ces lieux et d'autres encore, que Beverly Matherne a peuplés des fantômes de l'enfance et d'êtres aimants et souffrants qu'elle nous invite à côtoyer. *Bayou des Acadiens*, c'est un coin de la Louisiane, certes, mais c'est aussi tout ce que l'on peut devenir et découvrir à partir de ce hameau accroché aux rives d'une rivière brune coulant au ralenti.

Par-dessus tout, c'est la savoureuse langue française de l'Acadie tropicale. Si elle vit et respire, chante et pleure, cette langue-là, c'est certainement parce qu'elle a tant d'histoires à nous dire.

L'AUTEURE

Originaire du sud-est de la Louisiane, **Beverly Matherne** est l'auteure de cinq recueils de poésie bilingues. Elle est toujours inspirée des inépuisables richesses culturelles du pays cadien et créole, même depuis qu'elle habite très loin, en tant que professeure de création littéraire à l'Université du Michigan du Nord, où elle est maintenant professeure émérite. Récipiendaire de sept prix d'excellence en poésie, elle a participé à près de 300 lectures publiques aux États-Unis, au Canada, en France et ailleurs.

About the work and the author

The work

An old tabacco shed, heavy with smells of the past. A hospital bed where a dying woman releases her last breath. An airport where two strangers meet and briefly share their livres.

Blind River is all of these places and more still, places that Beverly Matherne has filled with the ghosts of childhood and with living souls, loving and suffering, whom she invites us to encounter. *Blind River* is a corner of Louisiana, yes, but it is also everything that one can become and discover starting from a homestead hanging onto the banks of a brown bayou, flowing ever so lazily.

Above all, it is the flavorful French language of tropical *Acadie*. If that language lives and breathes, sings and weeps, it is surely because it has so many stories to tell us.

The author

A native of southeastern Louisiana, **Beverly Matherne** is the author of five bilingual books of poetry. Her writing has always drawn from the cultural wellspring of Cajun and Creole country, even when written from afar, as professor of creative writing at Northern Michigan University, where she is now professor emerita. The recipient of seven first-place poetry awards, she has done nearly 300 public readings in the United States, Canada, France, and elsewhere.

TABLE DES MATIÈRES

Le hangar à tabac 11
Elphia et le serpent à sonnettes 24
Notre-Dame des Douleurs 27
À la pêche aux écrevisses. 31
Au-delà des mathématiques. 33
Les glissades. 43
La vision de Madame Brignac. 45
Amira 47
Tit June est revenu la Veille de Noël. 60
La vision d'Eziel 62
Théodule 68
Feux follets. 71

Crédits 73
Remerciements 75
Glossaire. 139
À propos de l'œuvre et de l'auteure 144

Table of Contents

The Tobacco Shed 81
Elphia and the Rattlesnake 93
Our Lady of Sorrows 95
Crawfishing 98
Beyond Mathematics 100
Slipping Accidents 108
The Vision of Madame Brignac 110
Amira 112
Tit June Came Back on Christmas Eve 123
The Vision of Eziel 124
Théodule 129
Feux Follets 132

Credits 135
Acknowledgements 137
Glossary 139
About the Work and the Author 145

Achevé d'imprimer
pour le compte des Éditions Perce-Neige
en juillet 2015.

Imprimé au Canada
sur les presses de l'Imprimerie Gauvin, Gatineau, Québec.

L'intérieur de ce livre a été imprimé sur papier contenant
100 % de fibres postconsommation et certifié FSC.